Maria Bosse-Sporleder

Im Kielwasser der Zeit

Autofiktive Geschichten

Maria Bosse-Sporleder

Im Kielwasser der Zeit

Autofiktive Geschichten

Derk Janßen ||| *Verlag*

Lektorat: Derk Janßen
Gestaltung: Tobias Kupries-Thomma
Herstellung: CPI Books, Leck

Printed in Germany
ISBN: 978-3-938871-22-5

I. Herkunft

II. Begegnung

I. Herkunft

„…etwas, das allen in die Kindheit scheint
und worin noch niemand war: Heimat."

Ernst Bloch, *Das Prinzip Hoffnung*

Weiße Servietten

Kross an meinen Lippen, an meinen Zähnen, die jetzt durch die knusprige Haut zu dem saftigen Fleisch vordringen, abbeißen und den Geschmack auf der Zunge aufnehmen, ihm im ganzen Gaumen Raum geben. Es ist das Echo aus Kinderzeit, aus sinnlicher Hingabe an beglücktes Genießen, jedes Mal wieder dieses Echo, wenn ich in eine Hähnchenkeule beiße. Und mit dem Echo tauchen Bilder auf: Mein Vater, wie der, den Kopf leicht schräg geneigt, in eine Hähnchenkeule beißt, er, der sonst mit seinen vollkommenen und ihm selbstverständlichen Tischmanieren uns ein Vorbild sein will und auch ist. Ihm läuft das Fett übers Kinn, gleich wird er es fortwischen mit der großen weißen Serviette, aber noch nicht. Ich sehe ihn die Augen einen Moment lang schließen. Tut er es, um sich dem Genuss noch intensiver hingeben zu können? Er legt die Keule zurück auf den Teller, wahrscheinlich wird er gleich zu Messer und Gabel greifen, um vorbildlich zu Werke zu gehen. Aber diesen ersten Happen hat er sich gegönnt. Und ich sehe ihn kauen und nach innen lauschen und – nein, geschmatzt hat mein Vater nie, aber er würde es in diesem Augenblick tun, wenn man es ihm je erlaubt hätte.

Wir sitzen um den großen Speisetisch, mein Vater, meine Mutter, meine Schwester und ich, vielleicht auch mein Großvater. Es ist ein solide aus Eichenholz geschreinerter Tisch, aus der Werkstatt meines

Urgroßvaters, der auch die kunstvollen Aufbauten der Stuhllehnen ersonnen hat, die Weintrauben und Ranken, in denen meine Kinderfinger sich so gerne tastend bewegten, wenn das Gebet vor dem Essen gesprochen wurde. Wir sitzen um diesen Tisch, fest gegründet auf vier Generationen, die in diesem baltischen Land Fuß gefasst haben, ihr Handwerk ausgeübt, es zu selbständigen Kaufleuten gebracht haben. Wir genießen gebackene Hähnchenkeulen, die die Köchin aufgetragen hat, und wischen uns den Mund mit weißen Servietten, ehe wir den nächsten Bissen nehmen, im satten Bewusstsein, dass dies rechtens ist und also unverbrüchlich.

Das nächste Mal, dass ich meinen Vater Hähnchen essen sehe, ist am kleinen Tisch vor dem abgeschabten Plüschsofa in unserem Flüchtlingszimmer nach dem Krieg. Meine Schwester hat das kostbare Gut aus der Küche des US-amerikanischen Hospitals geschmuggelt, wo sie Küchenhilfe ist. Meine Mutter hat die Hähnchenreste auf der Kochplatte erhitzt, sie schwimmen in tomatenfarbenem Fett und mein Vater ist nicht versucht, sie in die Hand zu nehmen, um abzubeißen und dann die Augen zu schließen.

Mein Pilz

An einem Regentag war die Welt nicht mehr dieselbe. Morgens schon hörte ich es, noch halb im Schlaf. Sollten das Regentropfen sein, die auf das Dach klopfen? Ich wollte nicht wach werden, verkriechen wollte ich mich in meine heile, trockene Welt.

Aber irgendwann stand ich dann doch in der Tür zur Veranda und sah es strömen und prasseln. In den Pfützen auf dem Gartenweg platzten die Tropfen, kleine Fontänen sprangen auf, sackten gleich wieder zusammen. Und schon huschten Kreise über die Oberfläche, trafen sich und brachen sich mit anderen Kreisen, die ebenso schnell entstanden, vergingen.

Regen spielte sich immer am Boden ab. Schönes Wetter, das eigentliche Sommerwetter, das kam von oben: Der klare, hohe Himmel, das blendende Licht, das alles zum Leuchten brachte. Und dieser Drang, gleich morgens beim Aufwachen hinauszulaufen, die Arme auszubreiten und den Tag zu packen, oder hineinzubeißen, wie in einen Apfel: frisch und voller Geschmack.

Bei Regen sackte der Himmel einfach ab. Die Tropfen tauchten plötzlich auf als kleiner, dunkler Fleck, wenn man nach oben guckte, und schon war er einem auf die Nase oder in die Augen geplatscht. Also den Kopf senken und den Hals etwas einziehen, damit er nicht aus dem Kragen des Regencapes herausragt, und so fiel denn der Blick unweigerlich auf den Weg und auf die Füße, die nicht – wie an schönen Tagen – nackt und braun auf dem Weg liefen, sondern fest in braunen, geschnürten Halbschuhen steckten, und dann noch in einem zweiten Paar Schuhe, den Gummischuhen. Schwer und unbeweglich waren die Füße, und das ganze Schuhwerk quietschte bei jedem Tritt.

Der Kies knirschte und die Schuhe quietschten. Und jetzt war noch beschlossen worden, dass wir Pilze sammeln gehen sollten, Pappi war da, weil es ein Wochenende war, und er liebte es, Pilze zu sammeln. Mutti liebte Pilze nicht mehr und nicht weniger als anderes Essbares, was im Wald wuchs. Sie sah eine Gelegenheit, Wintervorräte anzulegen, und außerdem würden wir alle zusammen etwas an der frischen Luft unternehmen, statt im Zimmer zu sitzen – was sie für ungesund hielt. Nachher würden wir Pilze auffädeln zu Pilzketten, und ich durfte auch Pilze putzen und zerteilen – mit einem kleinen Holzmesserchen, damit ich mir nicht in den Finger schnitte.

Ich hatte gar keine Wahl. Ich musste mitgehen und Pilze sammeln. Nachdem wir mit dem Auto über holprige Wege bis zu einer vermutlich guten Pilzstelle gefahren waren, würden alle wieder in alle Richtungen ausschwärmen und sich im Wald verlieren. Ab und zu sah man dann zwischen den Bäumen hindurch einen runden Rücken sich aufrichten; das war entweder Agi, unser Kindermädchen, oder Soja, die Köchin, oder Mutti mit ihrem schwarz-weiß gepunkteten Wollbarett, oder Pappi, der vor sich hin pfiff. Wir Kinder gingen nicht allein, wir gingen immer mit einem Erwachsenen. Mit wem geht Vera? Vera geht, wie meistens, mit Pappi. Nimmst du dann Maria? Also nahm jemand Maria. *Wer* mich meistens nahm, weiß ich nicht mehr. Es war mir sowieso einerlei. Denn jetzt begann das scheußliche Durchs-Unterholz-Pirschen. Die kleinen, harten Blaubeer- und Preiselbeerblätter warteten nur darauf, mir ihre gesammelte Ladung Wasser an die Beine zu klatschen, auch wenn ich noch so vorsichtig darüber zu steigen versuchte. Alles nass, klebrig, kalt – oder auch schwitzig unter dem Regencape. Und wo, zum Kuckuck, waren denn die Pilze?

Es war nicht so, dass nur immer die anderen die Pilze fanden und ich nie. Manchmal sah ich tatsächlich ein gelbes Hahnriezchen leuchten, und wenn ich dann vorsichtig das dunkelgrüne, vollgesogene Moos beiseiteschob, kamen ganze Pilzfamilien zutage. Das war herrlich. Ich war entzückt und stolz und einen Augenblick lang beachtet, denn die Winzlinge mussten abgesammelt werden, möglichst vorsichtig, und dabei half mir dann der Erwachsene, dem ich zugeordnet worden war. Dann rollten meine kleinen Pilzkinder in den großen Korb. Sie halfen die Menge vergrößern, aber erkennen konnte ich sie bald nicht mehr unter all den anderen: den Steinpilzen und Butterpilzen und lila Täublingen und den kleinen „Knipserchen", wie mein Vater die Rehbraunen nannte, aus denen eine weiße Milch spritzte, wenn man sie abbrach.

Für die anderen war Pilzesammeln eine ungemein ernsthafte Angelegenheit, der sie sich gewissenhaft widmeten. Nur ich tappte durch das Unterholz, pflichtbewusst den Blick am Boden, und verbrachte im Grunde nur die Zeit, bis es den anderen endlich reichte. Wenn es dann genug war, hörte man eben auf. Leider empfand ich auch dann nichts Deutliches: weder die Zufriedenheit des Erfolgreichen, noch die Erleichterung dessen, der sich abgerackert hat. Man trat den Rückweg an.

Doch genau in diesem Augenblick mache ich eine – nun wirklich erschütternde – Entdeckung: Mein linker Galosch fehlt. An einem Fuß steckt noch der schwerfällige Gummihalbschuh, am anderen nur das zierliche und – wie ich jetzt merke: nasse – Schühchen. Wieso ist mir diese Ungleichheit der Füße nicht aufgefallen? Erregung und Ärger um mich herum. Wann hatte ich das letzte Mal den Fuß noch im Galosch gesehen? Du lieber Himmel! Wo ich gegangen sei. Mit wem? Man umringt mich. Dann schwärmen sie erneut aus, den Blick frisch geschärft. Und auch ich klettere noch einmal über glitschige Baumstämme und spähe unter hängende Zweige, jetzt wirklich eifrig. Und spüre tief in mir eine warme Schadenfreude bei der Suche nach diesem, nach meinem Pilz.

Bäri

Ich wusste gar nicht, dass ich ihn begehrte. Er war immer schon Veras Bäri. Aber kein zotteliges, weiches Kuscheltier, nein, ein fester Körper mit einer eher kratzigen Oberfläche – das hatte Veras Rasieren mit der Nagelschere fertiggebracht. Er saß meist breitbeinig da und hielt beide Arme leicht geöffnet nach oben gestreckt, so dass die ovale helle Lederinnenseite der Pfoten einem zu winken, einen anzulocken schien. Nie spielte ich mit Bäri. Wenn Vera es nicht tat, saß er aufrecht zwischen Goldlöckchen und Prinzessin Eule. Meine ausgestopfte Margarethe mit den langen Baumelarmen und -beinen und dem törichten Grinsen hatte nichts zu suchen bei diesen feinen Herrschaften.

Und dann träumte ich. In meinem Traum lag ich in eben diesem Kinderbett, in dem ich gerade sowieso lag, allein im Kinderzimmer, und hinterm Kopfende meines Bettes stand die kleine lackierte Spielkommode, hinter deren Schranktür Bäri sein Zuhause hatte. Im Traum streckte ich meine Hand in die geöffnete Tür, ich wollte Bäri aus dem Schränkchen holen. Doch – oh Entsetzen, eine Säge fuhr heraus. Ein Zwerg saß da drin. Er musste da drin gehockt und auf mich gewartet haben, denn sofort setzte er seine Säge an meinem Arm an, gleich über dem Handgelenk. Erschrecken, Angst, Panik – alles zugleich. Ungezählte

Minuten lang, eine Ewigkeit. Als ich schließlich aufwachte, war ich – ja, ich war genau dort, wo hinterm Kopfende meines Bettes die kleine lackierte Spielkommode stand, hinter deren Schranktür der Zwerg hockte. Schweißgebadet lag ich da. Ich durfte mich nicht rühren. Ich horchte, zitterte, horchte. Kein Laut. Aber es gab keine Rettung. Er war da drin.

Ein Schiff

In meines Vaters Kontor im Hafen war ich noch nie. Es hallt so fremd im Korridor. Die Tür ist schwer. Ich will sie allein aufmachen. Ich stemme mich dagegen, gegen das schwarze Wachstuch, bauchig, glänzend, mit den Knöpfen drin, die kleine Kuhlen machen.

Da geht die Tür auf. Ein Herr mit einem runden Kopf und einer Brille mit Goldrand sagt:

„Ah, das kleine Fräuleinchen. Will wohl zum Herrn Papa?"

Er macht eine zweite Tür auf. Ein großes Zimmer, zwei breite schwere Tische mittendrin. An einem Tisch sitzt mein Vater. Jetzt sieht er mich, er steht auf und kommt auf mich zu.

„Da bist du ja", sagt er, und bleibt neben mir stehen. Er hat seinen dunkelbraunen Anzug an und riecht anders als zu Hause, mehr nach Rauch.

Da ist ja noch der andere Tisch.

„Wer sitzt denn da?", frage ich.

„Niemand", sagt er. „Früher saß Opapa da", sagt er dann noch.

„Soll ich dir etwas zeigen?", fragt er.

„Ja."

„Komm." Er geht um die beiden Tische herum und ich gehe hinterher. Das Fenster ist wie ein kleines Extrazimmer mit Glasscheiben an drei Seiten. Darin steht ein glänzendes Rohr auf einer hohen Stange. Er richtet die Stange aus.

„Du musst mit einem Auge durchschauen."

Ich lege mein Auge an das Rohr, es ist kühl. Ich sehe nur grau.

„Warte", sagt er, „ich muss es scharf stellen."

Er dreht an dem Rohr. Dann guckt er selbst durch.

„So, jetzt."

Jetzt sehe ich: Das Graue ist das Meer. Und ich sehe etwas auf dem Meer, schwarz wie eine Fliege.

„Eine Fliege", sage ich.

„Nein, du Dummchen." Mein Vater schraubt nochmal an dem Rohr.

„Halt das andere Auge zu."

Ich gucke noch Mal. Vielleicht kann ich das nicht sehen, was er sieht. Aber jetzt: „Ein Schiff!", rufe ich. Ein richtig großes, weißes Schiff. Ich kann sogar die Fenster erkennen, Reihen von schwarzen kleinen Fenstern. Mein Vater legt die Hand auf meine Schulter. Als ich zu ihm aufschaue, sehe ich, dass er schmunzelt.

Der Großvater. Die Orangen. Der Tod.

Sonntagmorgen. Sie sitzt nach dem Frühstück am Esstisch und zeichnet. Immer diese abgebrochenen Buntstifte! Im Nebenzimmer hat das Telefon geläutet. Anspitzen und weitermalen. Die Mutter kommt herein, hastig, im Mantel. Wieso denn das? Hinter ihr der Vater. Er ist ganz grau im Gesicht, seine Augen sehen wie durch sie hindurch. „Wir müssen gleich zu Opapa fahren, Tante Alla hat angerufen." Das sagt die Mutter und streicht ihr über das Haar, „male schön weiter." Dann sind die Eltern fort.

Opapa. Vor ihrem inneren Auge taucht er auf. Er kommt um die Ecke der Sihi Straße durch den Schnee in seinem schwarzen Mantel, auf dem Kopf die schwarze hohe Pelzmütze, im Arm diese große braune Tüte, aus der oben die Orangen leuchten. Er bringt Orangen mit, weil die gut sind für die Kinder, sagt er. Sie und die Schwester kraxeln gerade mit den neuen Skiern im Kiefernwäldchen herum. Sie weiß noch, wie sie nicht schnell genug aus den Skiern kam, um ihm entgegenzulaufen. Er ist ein großer, rüstiger, vielleicht sogar strenger Mann. Wieso weiß sie, dass er sie liebt? Sie sucht einen lila Buntstift aus und beginnt, auf einem schmalen Pappstreifen zu zeichnen. Einen Kinderwagen von der Seite: unten rund, und noch ein Viertelkreis für das Verdeck, und zwei Räder. Der Kinderwagen wird lila gestrichelt und das Deckbett grün kariert. Dann noch einen grünen Strauch neben den Kinderwagen. Das Buchzeichen für Opapa ist fertig.

Sie steht in Opapas Schlafzimmer. Neben ihr die Schwester, gleich bei der Tür die Eltern. Im Schlafzimmer war sie noch nie. Im Bett liegt Opapa. Ganz akkurat in der Mitte, auf dem Rücken. Er sieht merkwürdig aus in seinem schwarzen Anzug im Bett mit über der Brust gefalteten Händen, die auf der weißen Piqué-Decke ruhen. Es ist ganz still. Vor lauter Stille ist sein Gesicht starr und ohne Farbe. Die Augen fest zu. Das Haar ist gescheitelt und glatt zur Seite gekämmt, wie immer. Hat denn jemand ihn gekämmt, nachdem er gestorben ist?
Sie will nicht immer auf Opapa starren. Ihr Blick klettert am Schrank neben der Tür empor. Der große dunkelbraune Hirsch da oben: hoch aufgereckt, die schmalen Fersen leicht auf dem Felsvorsprung, mit erhobenem Kopf und breitem Geweih. Sie muss immerfort zum hölzernen Hirsch hochschauen.

Weihnachtsnachmittag. Es dämmert schon, als sie alle vier in das Auto steigen, um nach Koppel zu fahren. Sie gehen hintereinander den schmalen ausgetretenen Weg durch den tiefen Schnee. Die eiserne Pforte quietscht, wenn man sie aufmacht, um hineinzutreten in das Karree mit dem eisernen Zäunchen. Schwarz ragen die Kreuze auf den Sockeln. Der Vater steht schweigend vor einem Grab, das wohl Opapas

Grab ist; er hat den Hut abgenommen und hält ihn sich vor die Brust.

Zu Hause müssen sie lange im Dunkeln warten, bis die Flügeltür zum Weihnachtszimmer geöffnet wird. Der Weihnachtsbaum ist riesengroß, und es leuchtet so hell, als käme das Strahlen direkt aus dem Himmel. Sie hält den Atem an. So war Weihnachten noch nie.

Dieser Geburtstag

Warum ich mich gerade an diesen Geburtstag erinnere, an den siebenten?

Wir waren nach Nõmme ans Ende der Apteeki põik umgezogen, in die weiße Villa von Herrn Patrick. Er hatte mir eine selbstgebaute Schaukel aus hellem Tannenholz zwischen zwei große Birken gehängt, und das an einem ganz gewöhnlichen Nicht-Geburtstags-Tag. Schaukeln können bis hoch in die Birkenblätter! Der siebente Geburtstag also. Es gab einen Geburtstagstisch am offenen Fenster der Veranda, wie immer angerichtet auf dem weißen Tischtuch mit Spitzenborte, die meine Großmutter gestickt hatte. Der safrangelbe Geburtstagskringel, puderzuckerbestäubt, thronte in der Mitte. An die sieben Kerzen erinnere ich mich nicht, auch nicht an das Ausblasen. Vielleicht war dieser Brauch noch nicht bis in das Baltikum vorgedrungen. Ich erinnere mich nur an ein einziges Geburtstagsgeschenk, nein, an zwei. Das eine war der schokoladenbraune Schulranzen, der aber nicht aus Leder war, wie der meiner Schwester, sondern aus Pappe. Ich versuchte tapfer, die Enttäuschung zu verbeißen. Sollte ich mich denn darüber freuen, dass er leichter sei, wie meine Mutter mir versicherte?

Das andere war ein Beutel für die Turnschuhe, aus einem dicken, seidigen Stoff, der sich kühl und weich anfühlte und tiefblau schimmerte. Meine Tante hatte mir zu meinem großen Erstaunen dieses Geschenk

gemacht; sie hatte eine gelbe Ente und grüne Grashalme, eine rote Blume und eine Wolke draufgestickt.
Und obwohl ich verblüfft war, denn ich konnte Ente
und Turnschuhe nicht eigentlich zusammenbringen,
war ich doch wie ausgezeichnet von so viel schöner,
farbenfroher Handarbeit, eigens für mich.

Wir haben draußen in Herrn Patricks Garten zwischen
den Rosenbeeten gespielt, an diesem sonnigen Nachmittag des 27. September 1939, und ich fühlte mich
wunderbar richtig als Anlass für dieses Fest und doch
nicht bedrängt als dessen Mittelpunkt. Nun würde
bald die Schule beginnen, ein neues, mit pochendem
Herzen erwartetes Leben.

Nicht wusste ich, dass an diesem Tag Warschau, lange
und schwer umkämpft, sich bedingungslos den deutschen Truppen ergeben hatte.

Nicht ahnte ich, dass – kaum fünf Wochen später –
wir mitsamt Turnbeutel, Pappranzen und unserer ge-
samten Habe auf einem Schiff den Hafen Revals verlassen würden – einem drohend unbekannten, einem
Umsiedlerleben entgegen.

Die Silhouette

Das Eis rumpelt, kracht, knirscht gegen die Bugwand. Sie lehnt sich weit über die Reling. Sie ist ungeduldig. Normalerweise, hat man ihr gesagt, brauche das Schiff knapp zwei Stunden für die 40 Kilometer von Helsinki nach Tallinn. Jetzt sind sie schon sechs Stunden unterwegs. Der Eisbrecher vor ihnen gräbt sich mühsam durch die Eisdecke.

Nach dreißig Jahren ist sie plötzlich ungeduldig. Gleich wird sie die Türme sehen. Sankt Olai, die Nikolaikirche, den Langen Herrmann, die Zwiebeltürme der russischen Kathedrale auf dem Domberg. Sie sieht sie auswendig. Sie hat sie gezeigt bekommen, seit ihrem achten Lebensjahr, auf Fotos, auf Postkarten, in Bildbänden benannt, wieder und wieder. Die Silhouette von Reval. Jetzt Tallinn. Ist da nicht schon die Silhouette? Sie hält die Kamera in der Hand. Sie wird sie fotografieren. Diesmal wird sie die Türme wirklich sehen. Ihre Hand umklammert die Reling.

Ihre Hände hatten sich um die Reling geklammert, damals, kleine Hände, weiße Knöchel. Sie hatte sich vorgeschoben, an der Mutter und Schwester vorbei durch den Wall von Menschen, auf Nasenhöhe die Ellbogen der Erwachsenen, der Geruch nasser Wolle. Sie hatte sich durchgedrängt, sie wollte auch sehen. Was denn? Die Türme, wenn das Schiff ablegt und sie alle hinausgetragen würden auf die schwarze See. – Aber es nützte ihnen nichts, den Erwachsenen nicht und der Siebenjährigen nicht, sie konnte noch so drängeln. Der Nebel wollte den Anblick nicht freigegeben, als die „Sierra Cordoba" in See stach. Das Schiff löste sich – lautlos, schien ihr – vom Kai, der Spalt wurde breiter, schwarzes Wasser brodelnd unter ihr. Die Erwachsenen standen stumm, eine Mauer. Jemand schluchzte leise. Nichts gab der Nebel frei.

Willkommen

Gleich am ersten Abend steht sie vor dem großen grau-
en Haus Ecke Harju Tänav, in der Hand das Päckchen,
das die Nachbarin in Turku ihr für deren Cousine in
Tallinn mitgegeben hatte. Die Pforte, die Klingel. Ein
großer Mann kommt herunter, um ihr aufzumachen:
hohe Stirn, seitlich hochgebürstetes Haar, der Blick
hinter den Brillengläsern scharf und offen zugleich.
Jaan Kross, den Namen hat sie schon gehört, aber dass
er der bekannteste Schriftsteller Estlands ist, das weiß
sie noch nicht. Er nimmt das Päckchen entgegen, ein
sanftes Lächeln, ein warmer Händedruck, dann die
Frage nach ihrem Aufenthalt hier. Und sofort die Einladung hinaufzukommen.
Oben die freundliche Hausherrin, die nach der Cousine in Finnland fragt, während der Hausherr ihr schon
den Mantel abnimmt und mit einladender Geste ins
Wohnzimmer weist. Sie tritt ein, ein grauhaariger Herr
erhebt sich. Man spricht Deutsch? bemerkt in leicht
fragendem Tonfall wie nebenbei ihr Gastgeber und
macht sie mit seinen Gästen bekannt, dem Kunsthistoriker Villem Raam und dessen Frau, die sie wie selbstverständlich in einem feinen, sehr korrekten Deutsch
begrüßen. Auf dem Couchtisch stehen Teller mit kleinen Happen: Schwarzbrot mit Ei, Fisch und Dill belegt.
Sakuski. Wie ihre Mutter sie wieder und wieder her-
gerichtet hat. So vertraut, so heimatlich. Kleine Gläser
sind herbeigezaubert worden, aus der Wodkaflasche

gluckert es, alle erheben die Gläser: Willkommen.

Ist das wirklich hier? Jetzt?

Durch das Mansardenfenster sieht sie den grauen Turm der Nikolaikirche. Oben abgeschnitten, keine Turmspitze. Sie weiß, wie diese Turmspitze aussah, ehe sie niederbrannte – und sie sieht sie niederbrennen, ein Foto nach dem anderen, auf jedem leuchtet das Feuer heller zwischen den Stockwerken des Turms, bis zuletzt nur noch der Schein über dem quadratischen Turm auflodert, die Turmspitze ist eingestürzt. Sie sieht diese Fotos, die ihr Vater machte in der Nacht, als die sowjetischen Bomben niedergingen, März 1944. Alles sieht sie zugleich. Oder ist es nur ein Traum?

Es ist kein Traum. Der Gastgeber hat ein Telefonbuch von 1939 hervorgeholt. Er schlägt die Telefonnummer der Firma ihres Vaters nach. Ja, sie stimmt. Ihr kommt die Erinnerung: Es war ihr allererster Telefonanruf gewesen, in sein Büro. Die Stimme ihres Vaters, damals, an ihrem erstaunten Ohr.

Was ist das, was sich da unaufhaltsam wie eine warme Welle in ihr ausbreitet? Als wäre sie erwartet worden, seit dreißig Jahren.

Als sie aufbricht, hält die Hausherrin, die Ellen Niit heißt, eines der Kinderbücher in der Hand, die sie verfasst hat. Sie soll die Namen ihrer Töchter nennen, für die Widmung: „Elisabethelle ja Katharinalle". Sie versteht das Geschenk –, auch wenn sie kein Wort Estnisch versteht.

Auf der Suche nach der vergangenen Zeit

Dass sie ausgerechnet Villem Raam begegnet ist an ihrem ersten Abend in Tallinn 1969! Was sie denn vorhabe, hatte der Kunsthistoriker sie gefragt. Sie holte den Stadtplan aus der Tasche, den ihr Vater in Kanada aus dem Gedächtnis skizziert hatte. Die Häuser, in denen er zu Beginn des Jahrhunderts wohnte, in denen er ein und aus gegangen war, die soll sie aufsuchen. Villem Raam, der kundige Konservator, wirft einen Blick auf den gezeichneten Plan und beginnt sofort zu erzählen: In diesem Haus hatte man den Silberschatz der Schwarzhäupter unter dem Bett des Dienstmädchens versteckt, als die Sowjets kamen, in jenem Haus war er selbst oft zu Besuch, in jenem anderen lebte ein bekannter Künstler. Ihr wird schwindelig; Geschichte türmt sich auf Geschichte.

Am nächsten Tag hat sie wieder Boden unter den Füßen, Kopfsteinpflaster, als sie mit Villem Raam durch die Altstadt geht. Sie stehen vor dem Portal des Schwarzhäupterhauses, das heute, am 1. Mai, von der riesigen roten Sowjetflagge verdeckt ist. Ein Klubhaus für die Jugendlichen sei es jetzt, erklärt ihr der schmalgliedrige Mann mit den wachen, hellen Augen. Und sie erzählt ihm, dass ihr Großvater Erkorener Ältester dieser ältesten Kaufmannsgilde gewesen war, ihr Vater jahrzehntelang Mitglied. Und dass ihr Vater auch heute noch in Edmonton jedes

Jahr am Lätare-Sonntag mit dem einzigen anderen dort ansässigen Schwarzhäupterbruder das hohe Fest der Bruderschaft begehe: In dunklem Anzug würden sich die beiden Herren feierlich zuprosten. Damen seien nicht zugelassen. – Damen aber hatten an den Schwarzhäupterbällen zu Fastnacht teilgenommen, das weiß sie genau, war doch ihre Mutter jedes Jahr in einem anderen berauschenden Kostüm zu diesem Fest aufgebrochen, und sie, die Fünfjährige, hatte zurückbleiben müssen, den Duft von zartem Parfum in der Nase, das Rascheln des Kleides im Ohr, die vibrierende Spannung noch in der Luft.

Willem Raam führt sie weiter in Häuser, die dem Publikum nicht offen stehen. Das alte spätgotische Kaufmannshaus in der Lai tänav: Die vielen Steinstufen zur Flügeltür hinauf, die hohe, tief hineinreichende Diele, in die sie treten, spärlich beleuchtet, das Licht fällt auf den buckeligen Steinfußboden, auf den offenen Kamin hinten in der Ecke. Ob ihre Vorfahren so gewohnt haben? Der lange Atem dieser Stadt weht sie an. Die Zeit dehnt sich viel weiter als ihr kleines Leben.
Und dann holt sie doch wieder ihre eigene Zeit ein. Vom Domberg herunterkommend durchzuckt es sie plötzlich, sie ist wieder die Fünfjährige: Wenn wir jetzt durch das Tor treten, da müsste doch links das Reh stehen? Und da steht das Reh.

Mehr als zwanzig Jahre später. Ein glücklicher Zufall hat sie im August 1991 just eine Woche nach der endlich wiedererlangten Selbständigkeit der estnischen Republik erneut nach Tallinn geführt; sie hat den Auftrag, einer Gruppe von interessierten Lehrern, Archivaren, Bibliothekaren Deutschunterricht zu erteilen. Jetzt begreift sie, dass in einem Land, in dem Kupferlegierungen Höchstpreise erzielen, nicht das Original-Reh von Jaan Kort in einem öffentlichen Park stehen kann, sondern nur eine Kopie.

Das Original begegnet ihr kurz darauf im Estnischen Kunstmuseum. Und ein kleines Wunder passiert: Die Kustodin holt aus einem der Schränke im Katharinentaler Schloss, wo zu der Zeit der Silberschatz der Schwarzhäupter weggeschlossen ist, einen Silberpokal hervor, auf dem sich die Gravur leicht entziffern lässt: *„Das Corps der Schwarzenhäupter zu Reval seinem Erkorenen Ältesten Ernst Sporleder 23.1.1910".* Eine Dankesgabe an ihren Großvater für seinen Einsatz beim umfangreichen Umbau der Schwarzhäupterhäuser. Auf dem Deckel des stattlichen Pokals stehen die beiden Gebäude – der Renaissancebau aus dem 16. Jahrhundert und die gotische ehemalige Olaigilde – als wenige Zentimeter hohe Nachbildungen, minutiös mit allen architektonischen Details in Silber gestaltet.

Hungrig nach solchen Spuren ihrer Familie, wird sie nach dem August 1991 noch viele Male ihre Geburtsstadt besuchen. Sie wird in den Gebäuden im Hafen nach dem Kontor ihres Vaters in den 30er Jahren fahnden, unbeirrt an Türen klopfen, bis sie meinen wird, den Erker zu erkennen, in dem das Fernrohr stand, vor das ihr Vater sie geführt hatte. Sie wird in den Büchern der orthodoxen Nikolaikirche die Heiratsurkunde ihrer Großmutter zu entziffern versuchen. Und sie wird schließlich 1994 auf dem Gartenmäuerchen an der Lahe tänav zwölfmal den Rückgabevertrag für das Haus Ihres Großvaters unterschreiben – sechsmal für sich, sechsmal für die Schwester in Kanada. Sie wird, nach ihren Wurzeln grabend, endlich merken, dass ihr längst neue wachsen.

Ernst Hugo Georg Sporleder (1858-1938, Reval/Tallinn)

Von meinen vier Großeltern ist mir Opapa am nächsten. Er war wirklich da, ich erlebte ihn. Diese Sonntagsbesuche mit den Orangen, als wir schon im Vorort Nõmme wohnten. In den Jahren davor in Tallinn sein Haus gleich um die Ecke in der Lahe tänav: die vielen Stufen hinauf, die schwere Eingangstür, dann im Vorzimmer die nassen Galoschen in die Ablage unter der Bank stellen. Sein Kabinett – wie man damals sagte – gleich links von der Eingangshalle. Da saß ich auf dem hellgrünen Sofa und sah die beiden Wellensittiche auf und ab hüpfen, krächzen, schimpfen. Bis dann Opapa aus seinem Schlafzimmer nebenan kam. Merkwürdig, jetzt wird das Bild unscharf, eher atmosphärisch: eine starke Präsenz, Wohlwollen, eine Gelassenheit, aber auch etwas Ernstes. Nur das Parkett sehe ich noch genau. Das dunkelbraune, glänzende Eichenparkett, das mir die Tränen in die Augen treiben wird, fünfzig Jahre später, als ich zum ersten Mal seither wieder durch diese Räume gehe. Das Parkett zieht mich durch den Schlund eines halben Jahrhunderts, und ich bin wieder die, deren kleine Füße auf diesem vertrauten Holz stehen.

Seinetwegen standen 1991 meine Füße wieder hier. Seinetwegen? Als ich, Wochen nachdem Estland selbständig wurde, erfuhr, dass in der Sowjetzeit verstaatlichter Besitz an die Eigentümer oder Erben zurückgegeben würde, habe ich keinen Augenblick gezögert. Weil ich nicht „Nein, danke!" sagen wollte zu dem Haus, das er gebaut hatte. Oder vielleicht auch, weil es mich lockte, jetzt selbst Besitzerin dieses Hauses zu sein? 1926 hatten er und sein Sohn, mein Vater, beschlossen, ein Haus zu bauen. Der Sohn dachte es sich als Alterssitz für den Vater, der Vater als Wohnraum für die Familie, die sein Sohn doch wohl bald gründen würde.

Zur Welt gekommen war mein Großvater 1858 in dem Haus in der Rüütli tänav 6 gegenüber der Nikolaikirche. Es gehörte seinem Vater, einem Tischlermeister, der 1818 schon in Tallinn geboren worden war. Dessen Vater, gebürtig aus Mariensee bei Hannover, hatte als Tischlergeselle auf Wanderschaft an der Stadt Tallinn so sehr Gefallen gefunden, dass er beschloss, dort zu bleiben, sesshaft wurde und bald auch ein Haus erwerben konnte. Von diesem wandernden Tischlergesellen, meinem Ur-Urgroßvater, weiß ich sonst nichts. Aber sein Sohn, der Tischlermeister, ist mir bis in meine Fingerspitzen präsent. Wenn ich als Kind am Esstisch stehend darauf wartete, dass wir uns alle setzten, dann haben meine kleinen Finger immer wieder die kleinen, glatten Halbkugeln umkreist, Weintrauben und Weinblätter, die der Tischlermeister zum Schmuck der Stuhllehnen geschnitzt hatte, aus hartem, warmem Eichenholz. Solch kunstvolle Möbelstücke waren in der Werkstatt des Hauses Rüütli tänav 6 in der Mitte des 19. Jahrhunderts angefertigt worden. In diesem Haus, mit diesem Vater, war also mein Großvater groß geworden.

Und seine Mutter? In der Ahnentafel beginne ich, die Namen und Geburtsdaten der Kinder zu studieren, sechs Kinder in neun Jahren. Bei einem Datum durchfährt mich plötzlich ein tiefer Schrecken: das Todesdatum der Mutter ist dasselbe wie das Geburts- und Todesdatum von Conrad, ihrem Kind.

Ich will mich vergewissern und finde in einem Lebenslauf, den mein Großvater auf Englisch verfasst hatte, unter den knappen tabellarischen Angaben einen Satz, dessen Ausführlichkeit eine eigene Sprache spricht:

„6. Conrad, * 26.11.1863, + 26.11.1863 and was buried in the arms of his mother together with her in the same coffin."

Verstört rekapituliere ich: Da war mein Großvater gerade fünf Jahre alt. Er wird sich erinnert haben. Ein Fünfjähriger weiß. Sein ganzes Leben wusste er. Wusste wohl auch, dass die zweite Frau, die sein Vater bald heiratete, ihr erstes Kind ebenfalls verlor, nur zwei Wochen alt starb es – sieben Tage vor dem 8. Geburtstag meines Großvaters. Wie schmerzlich nah er mir plötzlich rückt, dieses Kind, das mein Großvater war, und von dem ich all dies nie wusste.

Mein Großvater ist also in dem Haus in der Rüütli tänav gegenüber der Nikolaikirche herangewachsen, hat die Schule beendet und wurde – nein, nicht Tischlermeister wie sein Vater. Er begann mit siebzehn Jahren eine kaufmännische Lehre in der Spedition G.

v. Tunzelmann, begleitete mit zwanzig bereits in der Aufgabe als Supercargo eine Schiffsladung nach England, fuhr mit dreiundzwanzig wieder nach England, der Sprache wegen, kehrte aber bald nach Tallinn zurück, um die Leitung der neu eröffneten Filiale der englischen Firma B. Wishaw (St. Petersburg) zu übernehmen. Nach dem Tod des Inhabers wurde er Eigentümer dieser Firma und führte sie ab 1925 unter dem Namen „E. Sporleder, Anteilgesellschaft, Kohlenimport und Spedition".

Es traten Veränderungen ein. Sein Sohn Ernst, mein Vater, studierter Dipl.-Ing. im Fachbereich Schiffsbau, wurde 1922 Junior-Teilhaber der Firma und brachte sein Interessengebiet ein. Die Firma übernahm die Vertretung fast aller internationalen See- und Schifffahrtsversicherungs-Gesellschaften, darunter Underwriters of New York und Lloyds of London; sie nannte sich jetzt zusätzlich „Havarie-Kommissariat".

Vater und Sohn Ernst Sporleder, Träger des gleichen Namens, müssen ein eingespieltes Team gewesen sein; die Firma florierte. Doch mein Großvater war nicht nur Geschäftsmann, er nahm auch einflussreiche öffentliche Ämter wahr. 1912 wurde er Mitglied, später Präses des Börsenkomitees. In der „Großen Gilde", deren Mitgliedschaft verheirateten Kaufleuten mit Hauseigentum vorbehalten war, wirkte er als Oldermann. 1880 bereits, als Zweiundzwanzigjähriger, war er in die „Bruderschaft der Schwarzhäupter" aufgenommen worden, die älteste Kaufmannsgilde Estlands, in die man nur als Unverheirateter eintreten konnte. Während seiner Amtszeit als Erkorener Ältester von 1904 bis 1919 initiierte und leitete er entscheidende Baumaßnahmen an dem Gebäudekomplex; die Dankesgabe der Bruderschaft, ein kunstvoll gefertigter silberner Pokal, ist heute als Bestandteil des Silberschatzes der Schwarzhäupter in der Nikolaikirche ausgestellt.

Dass mein Großvater nach einer Tuberkulose-Erkrankung 1899 während mehrerer Aufenthalte in Davos geheilt wurde, das war für ihn lebenslang Anlass für Dankbarkeit und für eine sehr bewusste Lebensführung. Wohl deshalb auch die uns Kindern mitgebrachten Apfelsinen zu einer Zeit, in der diese Früchte so kostbar waren, dass man sich eine Orange zu Weihnachten leistete. Vorsorglich warnte er meine Mutter vor der Gefahr der Ansteckung: keine Kinderbücher aus der Bibliothek ausleihen. Er war überzeugt, sich bei einem Arbeiter, der für die Firma Kohlen löschte, infiziert zu haben.

Ich weiß auch, denn davon wurde immer wieder erzählt, dass er wenige Jahre nach dem plötzlichen Tod seiner Frau als bald Siebzigjähriger eine Weltreise unternahm. Sie führte ihn zu seinem 1907 ausgewanderten ältesten Sohn in West-Kanada, und weiter in die USA zum Grand Canyon, dann nach Vancouver und zurück über Japan, China, Manila, Indien, Ägypten, Italien und die Schweiz. Die exotischen Schätze, die er von dieser Reise mitgebracht hatte, habe ich als Kind in unserem Wohnzimmer in der Vitrine meiner Großmutter bestaunt. Ich erinnere mich an Brieföffner aus Elfenbein, an japanische Schuhe, vergleichbar mit heutigen Flip-Flops, auf deren harten Sohlen mit den dicken Samtkordeln ich keinen Schritt machen konnte. Und an sehr große japanische Vasen, die so kostbar waren, dass einem Schauer über den Rücken liefen, bei der Vorstellung, eine könnte zerbrechen.

Natürlich gab es Fotos von dieser Reise. Auf einem ist er wie eine Lichtgestalt zu sehen, in weißem Anzug und weißem Tropenhelm neben einem sehr dunklen und klein wirkenden Inder, der einen Elefanten führt. Die Ikonta, die er damals benutzte, wurde meine erste Kamera, eine Balgkamera, die bis in die 70er Jahre mein einziger, hochgeschätzter Fotoapparat blieb.

Dass er angeblich das erste Grammophon aus England nach Estland importierte, muss ich glauben. Ich erinnere mich aber sehr wohl an die pinkfarbenen oder schwarzen biegsamen Platten, „His Master's Voice", für die jedes Mal eine neue Nadel in den Tonarm eingelegt werden musste und die Kurbel kräftig betätigt, bis der Apparat dann wunderbarerweise Musik erklingen ließ.

Als er starb, war ich fünf Jahre alt.

Lahe tänav 4 (1930, 1998, 2011)

Eine dunkelbraune Eichentür. Oder ist das Foto unterbelichtet? Der eine Flügel steht ein wenig offen, man kann die Vertiefungen der Kassetten deutlich ausmachen. An dem geschlossenen Flügel lehnt der Großvater, noch nicht weißhaarig, aufrecht und entspannt in der Eingangstür seines just erbauten Hauses Lahe 4: Standbein, Spielbein, die Eichentür stützt ihn im Rücken.

Er erlaubt es sich, beide Hände in die Hosentaschen zu stecken. Die Weste wird dabei sichtbar, sie ist aus dem gleichen hellgrauen Tuch wie Jackett und Hose. Mit der Lupe kann ich die Uhrkette quer über der Weste erkennen. Ich weiß, dass sie aus Eisen ist: Dankesgabe für die goldene, abgeliefert 1919 im baltischen Befreiungskrieg.

Am halbgeöffneten Türflügel eine junge Frau mit Kapotthut, knielangem Mantel und hellen Schuhen mit Riemchen. Anmutig schmiegt sie sich an den Türrahmen: die Enkelin Cathrin, zu Besuch aus Kanada.

Zwischen beiden der Türspalt.

Ob die beiden heute dort auf mich warten werden? Sie werden mir bereitwillig Platz machen, das weiß ich, denn ich, jetzt die Eigentümerin des Hauses, muss hineingehen, um wieder mit diesem Mieter zu verhandeln, dem Armenier, der ein Waffenhändler sein soll, ein Mafioso. Er wird mich mit seinen braunen Augen anstrahlen und behaupten, sein Vater, sein Onkel und sein Bruder wohnten doch gar nicht bei ihm in der Wohnung, nur sein drei Monate alter Sohn und seine Mutter, die den Säugling betreue. Und dass ich das Kind doch im Hausbuch und im Einwohnermeldeamt eintragen lassen müsse, damit dessen Mutter endlich eine Zuzugsgenehmigung aus Sankt Petersburg erhalte. Nicht wahr, das verstünde ich doch? Im Hintergrund, in meines Großvaters Speisezimmer, bewegt sich ein Ungetüm von Hund. Meine besorgte Frage wird nicht klar beantwortet, nur, dass er nichts tue, solange der Herr ihn zur Ruhe rufe, wie jetzt. Und er habe wirklich keine Ahnung gehabt – wieder der entwaffnende Augenaufschlag –, dass es jetzt meiner Erlaubnis bedürfe, wenn er eine Satellitenschüssel auf dem Dach anbringen lasse. Um so etwas hätte sich die städtische Wohnraumverwaltung zur Sowjetzeit nie geschert. Ach ja, und die Kabelleitung von der Antenne auf dem Dach quer über die Straße zum gegenüberliegenden Haus, das sei nur ein freundschaftliches Abkommen unter Nachbarn. Ob ich dagegen auch etwas einzuwenden hätte? Der Hund, jetzt auf dem Eichenparkett ausgestreckt, hat mich nicht aus den Augen gelassen.

Draußen vor der Tür atme ich auf, bleibe einen Augenblick stehen und schaue zurück: Niemand mehr, der an der Eichentür lehnt.

Kein offener Türspalt, dieses Mal. Die Tür hat sich geschlossen hinter dem Botschafter der Tschechischen Republik, der mich nach meinem Besuch im Haus Lahe 4 hinausbegleitet hat.

Zuvor haben wir auf der Terrasse einen Espresso getrunken, vom Botschafter selbst zubereitet; er entschuldigt sich, dass seine Frau nicht zu Hause ist. Der Blick schweift in den Garten, den mein Großvater angelegt hatte. Vor der achtzigjährigen Laube ein neuer kleiner Zierteich; das Wasser sprudelt. Wir plaudern auf Englisch über die Weltpolitik, die Republiken Tschechien und Estland und schließlich über dieses Haus. Anerkennend äußerte der jetzige Hausherr, dass sein Amtsvorgänger, der das Haus erwarb, einen ganz außergewöhnlichen Gefallen an dem Gebäude gefunden haben muss. Er ließ die marode gewordene Bausubstanz abtragen und den Neubau tatsächlich als exakte Kopie des ursprünglich gebauten Hauses in Stein wiedererrichten.

Der Botschafter hat mich durch das Haus geführt. Jetzt stehen wir auf der obersten Stufe vor der Eichentür. Jemand fotografiert. Der Botschafter hat sich erlaubt, die linke Hand in die Hosentasche zu stecken, die rechte mit der Zigarette hängt lässig herab. Das Foto verrät, dass ich die Hände über meinem weißen Jackett gefaltet habe. Ich bin wohl einverstanden.

Ernst Conrad Sporleder (1889 Reval/Tallinn - 1971 Victoria B.C.)

Also noch ein Junge, denkt Wera Wassiljewna, und streicht zart über die nassen Strähnen ihres Jüngsten. Er soll Ernst heißen, wie sein Vater. Mit den Namen Boris und Rudi hat sie den Erwartungen der weiteren Verwandtschaft Genüge getan.

Ernst steht benommen auf dem Pflaster der Langstraße. Wartet doch!, ruft er, aber die beiden großen Brüder hören nicht, laufen nur immer schneller. Das Einwickelpapier haben sie auch noch abgerissen. Gemeinsam einen Nachttopf zu kaufen, hatte man ihnen aufgetragen. Und jetzt er allein, den nackten Topf in der Hand, mitten in der Altstadt von Tallinn. Bis nach Hause noch ein gutes Stück Weges.

Er sitzt in der Mannschaftskajüte tief unter Deck und wischt sich den Schweiß von der rußigen Stirn. Heizerdienst: vier Stunden lang Kohlen in die Ofenluken schaufeln. Tiefer kann er nicht eindringen in das faszinierende Kraftwerk Schiff. Heizen geht über Studieren für den jungen Diplomingenieur Schiffsbau der Technischen Hochschule Danzig auf seiner Jungfernfahrt über den Äquator.

Die baltischen Staaten gehören zu Russland, also trägt er eine russische Uniform, die eines Offiziers der zaristischen Armee mit dem St.-Georgs-Kreuz. Das ist in Sankt Petersburg im Oktober 1917 nicht tunlich; Revolutionäre stürmen die Häuser der Adligen am Newski Prospekt. Kolbenschläge gegen die Paradetür. Das Entsetzen in den Augen seiner Gastgeberinnen, kein Mann sonst im Haus. Er tritt vor, zieht die Pistole, seine Stimme gibt mit der Sicherheit des Befehlenden eine unmissverständliche Order. Die jungen Revolutionäre halten inne, noch ungeübt im Umgang mit der altverbürgten Autorität. Er, der sonst Schüchterne, hat sie eingeschüchtert.

Wenn er in seinem Kontor im Hafen von Tallinn vom breiten Eichenschreibtisch aufschaut, trifft sein Blick den des Vaters am Schreibtisch gegenüber. Der alte Herr lässt es sich nicht nehmen, allmorgendlich seine Post zu besorgen. Nachdem er die Firma an den Sohn überschrieben hat, ist äußerlich kaum eine Veränderung zu bemerken. Ernst Sporleder, senior. Ernst Sporleder, junior. Niemand braucht auszusprechen, dass es eine dritte Generation geben soll. Sein Blick geht zum Erkerfenster, an dem das Messingfernrohr steht. Damit kann er gelegentlich havarierte Schiffe ausmachen, ehe ihn als Vertreter der Seeversicherungsgesellschaft die offizielle Einladung an Bord erreicht. Das bringt willkommen Unerwartetes in sein Leben und befriedet seine Leidenschaft für das Segeln, für das Meer. Ob es manchmal zu viel wird, jetzt, wo er nicht mehr Junggeselle ist? Seine Braut hatte wegen eines Notrufs an Bord eines aufgelaufenen Schiffes eine Dreiviertelstunde vor dem Traualtar warten müssen.

Die Hände des Vaters glätten, stapeln die Briefe. Ja, das Routineordern von Kohle, die Exportaufträge, das läuft. Er lässt das Fernrohr nur ungern aus dem Blick.

Er hat sich ausnahmsweise früher zur Ruhe gelegt, in dem einen Zimmer seiner Villa in der Lahe tänav, das er im Herbst 1940 nach dem Willen der sowjetischen Besatzungsmacht noch bewohnen darf. In den übrigen Zimmern residiert jetzt sein ehemaliger Hausmeister. Doch schließlich reicht ihm ein Zimmer auch; seine Frau und Töchter haben ja vor mehr als einem Jahr mit der Umsiedlung das Land verlassen. Er ist geblieben, aus Treue zur väterlichen Firma. Er dämmert weg, schreckt auf. Hat er Schritte gehört, vorne auf den Stufen? Poltern auf der Treppe? Er fährt hoch, horcht. Nein, doch nichts, ein Ast hat wohl gegen die Balkonbrüstung geschlagen. Seine überreizten Nerven spielen ihm das Szenario vor: eine barsche Stimme „Ernest Ernestowitsch Sporleder?" Zwei Männer in Mänteln, mit dem Verhaftungsbefehl herumwedelnd, „dawaite, dawaite!", während er seine Brille suchen würde, nach seinen Kleidern tasten, verstört, sich unter Aufsicht ankleiden zu müssen.

Also jetzt doch nicht. Er macht Licht an, die Uhr zeigt halb drei. Nach zwei holen sie keinen mehr ab, das hat sich herumgesprochen.

März 1941: Er sieht, wie das Gesicht des Kommissars bei der Gepäckkontrolle im Hafen von Tallinn rot anläuft vor Anstrengung und Befriedigung: Stapelweise reißt der die Dokumente aus den Aktenordnern. Eine Schikane der sowjetischen Behörden, bevor er mit der Nachumsiedlung endlich das Land verlassen kann. Sämtliche Beweisstücke seines zurückgelassenen Besitzes liegen auf dem Fußboden der Zollbaracke verstreut. „Bumagi". Papiere.

1942. Seit die baltischen Staaten von den Deutschen besetzt sind, hat er seine Firmentätigkeit in Estland wieder aufgenommen. Er ist auf Geschäftsreise in Berlin, im Hotel Esplanade abgestiegen. Um 11 Uhr abends heftiges Klopfen. Die Gestapo. Er wird verhaftet, keine Erklärungen. Wenig später im Keller des Prinz-Albrecht-Palais in der Wilhelmstraße: die Häftlinge in Reihen auf dem Steinfußboden sitzend, dicht an dicht, der Rücken des Vordermanns zwischen den angewinkelten Knien. Der Vorderste in der Reihe kriegt einen Schubs, die ganze Reihe kippt zur Seite. Schlaft jetzt! – Die peinigende Sorge: Er hat Hitler-Witze erzählt, von seiner kritischen Haltung keinen Hehl gemacht. – Erst nach Wochen die Klärung: er wird eines Wirtschaftsverbrechens bezichtigt, das gar nicht stattgefunden hat. Ein Neider hatte ihn denunziert.

9. März 1944. Die Sirenen haben um 18.30 Uhr zu heulen begonnen. Völlig unerwartet, dieser sowjetische

Luftangriff auf Tallinn. Schon fallen die Christbäume vom Himmel, erleuchten die Stadt taghell. Dann die Bomben, die Einschläge ohrenbetäubend nah. Gegen 23 Uhr ebben die Explosionen endlich ab. Er muss hinaus, sehen, was passiert ist. Greift seine Kontax. Und sieht das Unfassbare: seine Stadt ein Flammenmeer. Die Nikolaikirche! Flammen schlagen schon aus den Öffnungen der Turmhaube. Er hält mit seiner Kamera dagegen, drückt ab, immer wieder, als könnte er so dem Brand Einhalt gebieten. Bis die Turmspitze in den Turm stürzt. So dokumentiert er, fassungslos und zugleich hellwach, die Zerstörung seiner Heimatstadt. Wenigstens das.

„Mein Lebensschiffchen ist gestrandet; ich weiß zurzeit nicht, wie ich es wieder flott bekommen werde", tippt er mit zwei Fingern in die Erika-Reiseschreibmaschine, die auf der Marmorplatte des Nachttischchens Platz gefunden hat. Hinter ihm machen die beiden Töchter Schulaufgaben an dem einzigen Tisch, auf dem seine Frau gleich die Wirsingkohlsuppe auftragen wird. Er schreibt im Spätherbst 1945 aus ihrer Flüchtlingsbleibe in Bad Kissingen an Bekannte in aller Welt, in der Hoffnung, Fäden zu knüpfen aus einer abgeschnittenen Vergangenheit in eine unvorstellbare Zukunft. – Er ist 60 Jahre alt, als er schließlich das Einreisevisum nach Kanada für sich und seine Familie in den Händen hält.

In der Air Base der US Army in Edmonton, Alberta, verwaltet er das Ersatzteillager. Hier auf dem Flugplatz schätzt man seine umsichtige Art. Seine Englischkenntnisse – über Jahrzehnte durch die tägliche Lektüre der „Financial Times" wachgehalten – reichen für die Verständigung; seine Vertrautheit mit Maschinen bedeutet eine gewisse Qualifikation.

Heute hat man ihn nach Arbeitsschluss einbestellt. Ihm wird eröffnet, dass er als „landed immigrant" ohne kanadische Staatsangehörigkeit an seinem jetzigen Posten für den amerikanischen Militärflughafen ein Sicherheitsrisiko darstellt. Man bedauert es. Man würde ihn aber gerne in der Kantine weiterhin beschäftigen, als Tellerwäscher. Er nickt.

In seinem möblierten Zimmer beugt er sich über den Wasserkessel auf der Kochplatte; gleich wird das Wasser für den Nescafé heiß sein. Seine jüngere Tochter ist zu Besuch da. Das Mädchen hat ihn gefragt, warum er nie in die Politik gegangen sei. Er könne keine Reden halten, hat er geantwortet. Ziemlich fassungslos sitzt sie nun da. Dann erzählt sie, fast scheu, dass sie in der Highschool zur Sekretärin des „Public Speaking & Debating Club" gewählt worden sei. Ja, denkt er, in diesem Lande. Deshalb wollte ich auswandern.

Sein erster Versuch, in Kanada als Fotograf seinen Lebensunterhalt zu verdienen, endete bei Brownlee Studios in der 124th Street schlecht: Acht Stunden in der

Dunkelkammer stehen, Filme entwickeln und Vergrößerungen machen, dafür ist er nicht mehr schnell genug. Jetzt versucht er es in eigener Regie mit der Rolleiflex, die er aus Deutschland mitgebracht hat, in der Hoffnung, sein lebenslanges Hobby zum Broterwerb nutzen zu können. Die Villen im Westend von Edmonton geben im glitzernden Schnee wunderbare Motive ab. Er klingelt an der Tür; wenn er Glück hat, darf er die Fotos zeigen. Weihnachtspostkarten sind sein Angebot, mit aufgedruckten Botschaften, je nach Wunsch. Oder Gruppenporträts der ganzen Familie. Die Fotos gefallen, es spricht sich herum. Seine Frau hilft, beim Fotografieren zaubert sie mit Kunststückchen ein strahlendes Lächeln auf scheue Kindergesichter. Das Wohnzimmer in dem kleinen Haus, das sie mit den Ersparnissen aus zwei Jahren angezahlt haben, wird bei Bedarf zum Studio umfunktioniert, die Essnische permanent zur Dunkelkammer, gewässert werden die Filme und Abzüge in der Badewanne.

Heute wird er die Weide stutzen. Er klettert umständlich auf die Leiter, die er an den Stamm gelehnt hat. Die Weidenblätter ersticken den Rasen; hier in Victoria wächst alles so üppig, das ganze Jahr. Er kommt, seit er nur noch einen Lungenflügel hat, so schnell aus der Puste. Er wird den Dachbelag ausbessern müssen, denkt er. Ausbessern lassen müssen, verbessert er sich.

Er steigt wieder hinunter und macht Pause. Die vier Enkeltöchter tollen durch den Garten, die jüngere Tochter ist aus Finnland mit der ganzen Familie zu Besuch. Abends, unter der Weide, es dunkelt schon, werden die Gespräche nachdenklich. Irgendwann kommt ihm, dem Verschwiegenen, der Satz über die Lippen: „Ich habe ein gutes Leben gehabt."

Bring morgen die Tasche mit den Lastenausgleichsakten mit, hatte er die ältere Tochter gebeten, die jeden Tag viele Stunden neben seinem Bett im Krankenhaus sitzt. Er will auf den letzten Brief antworten. Diese ewigen Verzögerungen, auch wegen der mangelnden Beweise; seit über 20 Jahren kämpft er aus der Ferne um die ihm zustehende Entschädigung.
Er diktiert der Tochter den Brief, bedächtig, klar formulierend. Dann schweift sein Blick zum Fenster. Er bittet sie, den Meisen auf dem Fensterbrett den Rest seiner Brotscheibe hinzukrümeln.
Am Spätabend noch eine Morphiumspritze. Seine Augen sind weit offen; er sieht etwas, was die Tochter nicht sieht. Sie hört ihn Worte formen, erkennt den Namen seiner Heimatstadt.
Früh morgens ist sie kurz eingenickt. Wird sie wach, weil sie seinen Atem nicht mehr hört?

Wera Sporleder, geb. Tschurkowa (1867-1922, Reval/ Tallinn)

Als ich geboren wurde, war meine Großmutter schon zehn Jahre tot. Und doch: Wann immer ihr Name fiel, wachte etwas in mir auf, als würde mein Herz hellhörig. Sprach mein Vater von seiner Mutter, von „Omama Wera", so klang etwas Besonderes mit, etwas wie Respekt, oder mehr noch – eine große Achtung. Und eine stille Traurigkeit, eine nachgetragene Liebe, an der er immer noch trug.

Diese Traurigkeit galt sicher ihrem so frühen Tod. Sie war an Diabetes erkrankt und innerhalb weniger Monate gestorben, in ihrem 55. Lebensjahr. In dem Jahr – das vergaß mein Vater nie hinzuzusetzen –, in dem wenig später das Insulin zur Anwendung kam. Es gibt ein Foto von ihr auf ihrem Totenbett; wie schlafend liegt sie da, einen großen Strauß Rosen im Arm.

Auf einem früheren Foto, einem Porträt, hält sie ihren Kopf sehr aufrecht, das Haar aus dem Gesicht hochgekämmt, die Augen gelassen in eine nahe Ferne blickend. Die hohen Backenknochen bestätigen, was ich weiß: Sie war Russin, Wera, geborene Tschurkowa, aufgewachsen in der Harju tänav in Tallinn, damals Reval, in der Straße, die nördlich an der Nikolaikirche entlangführt, während ihr späterer Ehemann Ernst Sporleder wenig weiter in der Rüütli tänav südlich der Nikolaikirche im Hause seiner Vorfahren aufwuchs.

Was ich alles nicht weiß: Ob sie Geschwister hatte? Doch, die Ahnentafel vermerkt bei der Mutter Daria: Kinderzahl 3. Das wären Onkel oder Tanten meines Vaters gewesen. Nie erwähnt, soweit ich mich erinnern kann. Die Ahnentafel vermerkt auch das Todesdatum ihrer Mutter, drei Jahre nach Weras Geburt. Sie ist also weitgehend mutterlos mit zwei älteren Geschwistern bei ihrem Vater Wassili aufgewachsen, der Kaufmann war. Eingewandert ist er aus Russland, genauer Karelien, aus Olonez, einem Ort am Ladogasee. Erzählt hat mein Vater, dass seine Mutter Lehrerin werden wollte, wohl auch wurde – eine nicht unbedingt übliche Entscheidung für ein junges Mädchen im letzten Viertel des 19. Jahrhunderts. Hatte der Einfluss ihres Vaters nachgewirkt? Er hatte mit Geschäftspartnern – wohl auch Gemeindegliedern der orthodoxen Nikolaikirche – eine Schule gegründet, die auch Kindern aus minder bemittelten Familien den Schulbesuch ermöglichen sollte. Er starb, als Wera in ihrem elften Lebensjahr war.

Lange wird sie nicht Lehrerin gewesen sein, denn bereits mit 18 Jahren gebar sie ihren ersten Sohn, Boris. Hier kommt nun ein Paar weiße Satinschühchen ins Spiel. Greifbar nah rückt mir plötzlich die Großmutter, denn diese Schühchen gab es wirklich. In der Glasvitrine, dem kostbarsten Möbelstück in unserem Wohnzimmer, standen diese weißen Hochzeitsschuhe meiner Großmutter neben den Schätzen, die mein Großvater nach dem Tode seiner Frau von seiner

Weltreise mitgebracht hatte. So klein und schmal waren die Schühchen, dass sie mir als Zehnjähriger schon nicht mehr passten. Der Bewunderung dieser kleinen Schuhe folgte immer ein Staunen darüber, dass eine Frau mit so kleinen Füßen, also sicher doch eine zierliche Person, einen fünf Kilogramm schweren Erstgeborenen zur Welt bringen konnte. Innerhalb von vier Jahren folgten auf Boris zwei weitere Söhne: Rudolf und dann Ernst, mein Vater.

Wie bald sie und ihr Mann sich entschlossen haben, zwei Mädchen als Pflegekinder aufzunehmen, weiß ich nicht. Ob die beiden kleinen Mädchen wohl aus dem Waisenheim stammten, das sie gegründet hatte? Wollte sie – selbst früh elternlos – ähnliche Schicksale lindern? Auf dem braunstichigen Familienfoto sitzen die beiden Pflegetöchter eingebettet in die Familienrunde, neben dem Elternpaar, davor die drei jungen Söhne eher hingelümmelt, als wäre ihnen das Fotografiert-Werden lästig. Der Älteste würde bald nach Kanada auswandern, die deutschbaltische Gesellschaft in Estland wurde ihm zu eng. Der zweite starb, erst 27-jährig, an Leberzirrhose, nachdem meine Großmutter ihn lange gepflegt hatte. Auch dafür gibt es etwas Greifbares in meinem Besitz: einen Ring mit Saphir und kleinen Diamanten, Dankesgabe des Sohnes an seine Mutter. So wurde der dritte, mein Vater, zum einzigen Sohn.

Als meine Großmutter älter wurde, hat sie ihren Mann gelegentlich auf Geschäftsreisen nach Deutschland begleitet. Im dem einen erhaltenen Brief von ihrer Hand, datiert Juni 1922 in Berlin und an ihren Sohn, meinen Vater, in Reval (Tallinn) gerichtet, erlebe ich sie als eine aufgeschlossene Reisende: „Es freut mich, dass fast alle Spuren der Kriegszeit verwischt sind. Comfort, Luxus, Kultur, collossaler Fremdenverkehr, riesige Anzahl von Automobilen, ein Sausen, Jagen. Man kann sagen, Berlin wie bist Du schön." Doch bemerkte sie auch die Grenzen ihrer „Eindrucksfähigkeit", wie sie schreibt, und wünschte sich, der Sohn würde statt ihrer diese Reise machen.

Mit ihm zusammen sei sie früher auch gereist, erzählte mein Vater, und fügte mit kaum verborgenem Stolz hinzu, man habe sie gelegentlich für ein Paar gehalten.

Mein Vater mit meiner Großmutter auf dem Kurfürstendamm? Meine Phantasie will sie dort sehen. Sie schlendern den Kurfürstendamm entlang, und ich stelle mir vor, dass meine Großmutter bei Horn Handschuhe kaufen will. Sie sind in das Geschäft getreten, der Kommis ist herbeigeeilt, hat nach ihren Wünschen gefragt. Handschuhe für die gnädige Frau, aber natürlich, darf ich bitten? Jetzt wird sie sich den feinen elfenbeinfarbenen Glacéhandschuh über ihre Hand streifen lassen, Finger um Finger, denn Glacéhandschuhe müssen wie eine zweite Haut sitzen. Sie wird ihre Finger bewegen, um zu prüfen, ob die Handschuhfinger nicht zu kurz sind. Und sie wird sich vielleicht fragend an meinen Vater gewendet haben: „Was meinst du, die kurzen, oder doch lieber die längeren?" Was mein Vater geantwortet hat, weiß ich nicht, aber er wird so aufmerksam geschaut haben, dass der Verkäufer dann doch mit einem aufmunternden Blick die Zustimmung des „Herrn Gemahl" eingeholt haben wird. Sie werden Horn zufrieden verlassen haben, die Hand meines Vaters leicht am Ellenbogen seiner Mutter.

Außer meinem Vater hat es nur noch zwei Menschen gegeben, die mir erzählen konnten, wie sie meine Großmutter erlebt haben. Der eine war ein mir bis dahin völlig unbekannter Herr, der mich fragte, ob ich mit Wera Sporleder verwandt sei. „Eine bemerkenswerte Frau", begeisterte er sich und schilderte ausführlich, wie sie Wohltätigkeitsbasare ausgerichtet habe in der Großen Gilde, deren Oldermann mein Großvater gewesen war. Als mir meine Großmutter so unerwartet mit tiefer Anerkennung dargestellt wurde, lebte sie für mich neu auf: ihre starke Präsenz begann in den Worten dieses Fremden zu strahlen.
Der andere Mensch war ihr Enkel, Sohn ihrer Pflegetochter, der das Glück gehabt hatte, als Kind jahrelang in ihrer Nähe zu wohnen. In schöner Regelmäßigkeit habe sie ihn zum Kuchenessen ins Café Stude ausgeführt, vertraute er mir an, und in dem faltigen Gesicht des 70-Jährigen leuchteten die Augen des beschenkten Jungen von damals auf.
Wie lange also lebt ein Mensch?

Poska tänav

1979. Meine Schwester und ich steigen in die Tram Nr. 1. „Kadriorg" steht über der Fahrerkabine, das ist unser Ziel. Wir wollen das Haus sehen, nach 40 Jahren, in dem ich die ersten fünf Lebensjahre verbracht habe. „Katharinental" nannten wir die Haltestelle damals, Endhaltestelle vor dem großen Park, in den Peter der Große das Schloss für seine Ehefrau Katharina hatte bauen lassen.

Aufgeregt steigen wir in die Tram. Fahrscheine? Ach! Wo bekommt man denn die? Hilflos stehen wir da, unfähig, uns auf Estnisch verständlich zu machen. Peinlich. Ich versuche, irgendwie auf Russisch zu radebrechen.

„Biljeti?"

Da beginnt eine ältere Frau mit Kopftuch, in der ersten Reihe sitzend, in ihrer Handtasche zu kramen und hält uns zwei Fahrscheine hin.

„Skolko rubel?"

Sie nennt etwas zögernd den Betrag, wir zählen ihr die Münzen in die Hand, wiederholen ein ums andere Mal „bolschoi spasibo" und fallen erleichtert auf die nächsten Sitze. Dieses Abenteuer haben wir bestanden.

Die Tram ruckelt die Narva mantee entlang, über die Weichen, kreischt, bimmelt, wenn Verkehrshindernisse stören. Wir spüren die kalten Metallbänke, an die sich unsere Pobacken sofort erinnern, und pressen unsere Nasen ans Fenster.

Erkennst du was? Bald sind wir an der Endhaltestelle, steigen aus, ein freundliches Kopfnicken und die alte Frau geht ihres Weges.

Dann nehmen wir den Weg durch die Lahe tänav, vorbei an dem Haus, das unserem Großvater gehört hat, und kommen schließlich beim Haus Ecke Narva mantee und Poska tänav an. Stumm und staunend stehen wir vor dem zweistöckigen Holzhaus, während die Tram quietschend um die Ecke biegt. Das Haus. Die braune Farbe bröckelt ab, die Fensterrahmen ein schmutziges Weiß, die Regenrinnen schief. Schmuck war es früher gewesen, hatte dem Schokoladefabrikanten Georg Stude gehört, dessen Tochter mit Familie im Erdgeschoss wohnte, wir im ersten Stock. „Das war doch das Speisezimmer", sage ich zu meiner Schwester und zeige mit dem Finger auf das Eckfenster. Da öffnet es sich, und zu unserem Erstaunen schaut eben dieselbe Russin heraus, die uns in der Tram ihre Fahrscheine verkauft hat. Sie schaut, lacht, winkt – wir sollen heraufkommen. Also die gewundene Hintertreppe hochgestolpert, so vertraut den Kinderfüßen, und hinein in den schmalen Korridor. Vorbei an der Küche lotst uns die Frau, und wir stehen in dem Zimmer, in dem unser ovaler Speisetisch einst ausladend viel Platz in der Mitte einnahm. Jetzt trennt eine Wand etwa ein Viertel des Zimmers ab, in diesem separaten Verschlag lebe ihr erwachsener Sohn, erfahren wir. Im restlichen Zimmer klemmt sich eine schmale Liege unter einer zerfransten braunen Decke an die Wand. Dort in den rund 15 Quadratmetern ist sie zu Hause, mit all ihren Besitztümern – Schrank, Kommode, Tisch, Stühle, Kisten und Körbe. Alles so anders, so fremd. Und doch – unter meinen Füßen die ochsenblutrot gestrichenen Dielen, auf die ich als Vierjährige aufstampfen wollte, nicht aufstampfen durfte. Und vor dem Fenster sehe ich – auch wenn ich nichts dergleichen sehe – das Meisenhäuschen, in das mein Vater stets ein Stück Speck hängte. Neben uns diese freundliche Frau, die uns die Aufteilung der Wohnung auf vier Mietparteien erläutert, uns hinter die geöffneten Flügeltüren zum Korridor schauen lässt, hinter denen der Topf meiner Schwester und mein Topf standen, denn im ungeheizten Badezimmer könnten wir uns verkühlen, fürchtete meine Mutter. Beim Verabschieden versprechen wir, wiederzukommen.

Und wir haben es getan, viele Male, in den folgenden Jahren, das Haus war jedes Mal etwas mehr verfallen. Ekatarina hieß sie, ihren Nachnamen wusste ich nie. Dann war sie nicht mehr da, die Wohnung leer, niemand wusste, wo die Russin geblieben war.
Im nächsten Jahr waren Bretter schräg vor einige Fenster genagelt, von Jahr zu Jahr die bange Frage: Werden sie das Haus abreißen? Ist es architektonisch interessant genug, um denkmalgeschützt zu werden? Im vorletzten Sommer schwante mir Böses: nur noch ein einziges bewohntes Zimmer im Erdgeschoss, aus dem hinter einem vergilbten Vorhang ein Hund

kläffte, als ich klopfte. Ein Baum im Garten trug eine Plakette: Der Naturschutz hielt den jedenfalls für erhaltenswert.

Doch im letzten Sommer – ich kann es nicht glauben, mehr als zwei Jahrzehnte sind nach unserem erstem Besuch vergangen – das Haus ist eingerüstet, Handwerker sägen und hämmern. Ich staune, gehe näher, frage: Ja, das Haus ist gekauft worden, drei Parteien wollen sich Wohnungen einrichten. Schon ist die abgeblätterte Farbe abgetragen. Und über dem Haupteingang wird gerade das restaurierte holzgeschnitzte Schmuckdreieck angebracht, das diesen Eingang wohl immer geziert hat, mir aber nie aufgefallen war. Ich freue mich unbändig. Das Haus ersteht wie Phönix aus der Asche. Und mir ist, als würde der kleine Teil meines Lebens, den ich dort verbracht habe, neu beglaubigt.

Kleider meiner Mutter

Schnalle: Ein Wort, und dann die Schnalle selbst. Die silberne Gürtelschnalle mit den tiefgrünen Steinen, ich sehe sie vor mir. Meine fünfjährigen Augen sind auf der Höhe des Bauches meiner Mutter. Ihr rostfarbenes, leicht geripptes Kleid und diese Silberschnalle am Gurt mit den tief dunkelgrün leuchtenden Steinen. Ich muss immerfort hinschauen. Und ein Gefühl schleicht sich ein: diese Schnalle, es soll sie immer geben, für mich.

Mein Wunsch hat sich nicht erfüllt. Die Schnalle und das Kleid – zurückgeblieben in Posen am Ende des Krieges.

Und wieder auferstanden – heute. Beim Schreiben. Das Wort „Schnalle" taucht auf, und plötzlich ziehe ich aus den Tiefen meines Bewusstseins eines nach dem anderen – als wären es tibetanische Gebetsfähnchen – die Kleider meiner Mutter hervor. Und hänge sie auf die Leine meines Schreibens, jetzt.

Da ist das luftige Sommerkleid mit den blasslila Glockenblumen auf weißem Grund, es weht ihr um die Beine, wenn sie abends in Võsu auf die Terrasse tritt, hell ist es noch in den nordestnischen Nächten, sie setzt sich in den Liegestuhl, ein wenig erschöpft, ein wenig erleichtert, und vielleicht streicht sie mir selbstvergessen übers Haar.

Da ist das Herzdame-Kleid, mit dem sie zum Kostümball im Schwarzhäupterhaus aufbricht. Das rote Mieder spannt ein wenig über der Bluse mit den weiß gebauschten Ärmeln. Der Rock, helllilafarben, säuselt seiden an meinem Ohr, als sie sich herabbeugt, um mir einen Gutenachtkuss zu geben. Und wie sie davoneilt, der Vater wartet schon in der Tür, da sehe ich noch, dass zwei kleine rote Herzen ihre silbernen Schuhe zieren.

Sie hat ein orangefarbenes Kopftuch über ihr Haar gebunden und trägt eine Schürze, denn sie füllt die Etagenheizung in Posen mit Kohle, die sie drei Stockwerke aus dem Keller hochgeschleppt hat. Aber ich sehe unter der Schürze doch die breiten schwarzgrünen Streifen, die ein schräges Karomuster auf der hellen Bluse bilden, und den Wollrock in genau dem Grünton der Bluse. Ich sehe, wie diese Farben zusammenpassen und spüre, dass es sich gut anfühlt, das zu sehen.

Als ich im Goethepark den Reifen vorantreibe, kommt eine Dame im langen beige-braunem Mantel daher. Das orange-schwarz gemusterte Halstuch leuchtet, und unter dem beige-braunen Barett lugt eine Locke hervor. Diese Dame ist meine Mutter. Sie ist es wirklich. Und sie ist schön.

Von dem Kleid, das jetzt vor mir auftaucht, kenne ich die Geschichte. Mein Vater hat es meiner Mutter vor dem Krieg aus Deutschland nach Estland mitgebracht. Sie trug es auch nach dem Krieg, in Hungerzeiten, es schlotterte an ihr, sie trug es bis an ihr Lebensende. Es war zeitlos: tief dunkelblau mit einem weißen Schlangenmuster und weißen Knöpfen. Und ich, die es nie trug, habe eine farbliche Lieblingskombination: tiefes Dunkelblau mit einem weißen Muster.

Das schwarze Kostüm. Ich betrachte es auf dem Passfoto, das sie wohl machen ließ, als sie 1939 Estland verlassen musste. Sie sieht sehr respektabel darin aus. Es ist aus wunderbarem Wolltuch gefertigt, mit einem leuchtend orange- und türkisfarben changierenden Futter. Ich weiß das, denn es hängt jetzt in meinem Kleiderschrank. Es ist mir zu schmal in den Schultern. Meine Töchter und auch die Enkeltochter, denen ich es antrage, bringen es doch wieder zurück: zu klein, oder zu groß, zu breit oder zu schmal. Es wird in meinem Kleiderschrank hängen bleiben. Für wen?

Elisabeth Sporleder, geb. Stahlberg (1897 Dorpat/ Tartu - 1993 Victoria, B.C.)

36 Sätze über meine Mutter:

Sie wäre beinahe in Venedig zur Welt gekommen. Dann wurde sie doch eine Dorpatenserin.

Sie war die Lieblingstochter ihres Vaters.

Sie musste mit fünfzehn – als ihre Mutter den Mann und auch die Kinder verließ – die Verantwortung für ihre fünf jüngeren Geschwister übernehmen.

Sie zählte mit ihrer nächstjüngeren Schwester die Cotillonschleifen an ihren Miedern, um festzustellen, wer diesmal die Ballkönigin auf dem Dorpater Studentenball geworden war.

Sie verliebte sich mit siebzehn auf dem Pastorat ihres Onkels in Kuusalu in den jungen Vikar, der ein Vergissmeinnicht für sie pflückte. Er heiratete eine andere. Sie blieb ihm treu – über ein Jahrzehnt. Und ihr ganzes Leben.

Sie entschied sich, Gouvernante zu werden, zunächst bei der Familie von Nolcken auf Luunja.

Sie floh mit ihrer Mutter, die aus St. Petersburg zurückgekehrt war, und ihren beiden jüngeren Schwestern 1918 vor den Bolschewiken nach Berlin und arbeitete dort als Haushaltshilfe in der Familie von Paul Rohrbach.

Sie stand im weißen Kleid in der ersten Reihe im Philharmonischen Chor Berlin unter dem Dirigenten Siegfried Ochs.

Sie trug in der Inflation in Berlin ihr gesamtes Monatsgehalt in einem Koffer zum Schuhmacher, um sich dafür ein Paar Schuhe besohlen zu lassen.

Sie kehrte nach Tallinn zurück als Gouvernante in deutschbaltischen und jüdischen Familien.

Sie sang leidenschaftlich gerne mit ihrer Cousine und zwei befreundeten Herren im Hausquartett.

Sie heiratete 1929 Ernst Sporleder jr., der sie lange umworben hatte, und zog mit ihm in die Sporleder-Villa in der Lahe tänav.

Sie gebar 1930 ihre erste Tochter, Vera, und 1932 ihre zweite Tochter, Maria.

Sie sang nicht mehr im Hausquartett, widmete sich ihrer Familie und führte den Haushalt.

Sie tanzte einmal im Jahr die ganze Nacht auf dem Fastnachtsball im Schwarzhäupterhaus.

Sie verabschiedete sich am 1. November 1939 von ihrem Mann – es war sein 50. Geburtstag – und bestieg mit ihren beiden Töchtern die „Sierra Cordoba" zur Umsiedlung nach Deutschland.

Sie verbrachte drei Wochen auf aufgeschüttetem Stroh in der Pestalozzischule in Posen, ehe ihr und ihren Kindern eine zwangsgeräumte polnische Wohnung zugewiesen wurde.

Sie bat den polnischen Hausmeister um Hilfe beim Anbringen der Verdunkelungsrollos und begleitete ihre jüngere Tochter am ersten Schultag quer durch die fremde Stadt.

Sie hatte in den vier Kriegsjahren ihren Mann insgesamt 17 Tage auf Besuch in Posen.

Sie vergaß, panisch vor Sorge um ihre kranke Tochter, auch nur das Geringste zum Essen einzupacken, als die Familie am 20. Januar 1945 vor den Sowjets flüchten musste.

Sie bot einer älteren Dame den Arm auf der eisglatten Straße vor dem Bahnhof in Bad Kissingen und beglückwünschte sich nicht wenig, als sie erfuhr, es sei die Kronprinzessin Cecilie gewesen.

Sie musste schmunzeln, als ein Bauer sagte: „Sie machen das mit so viel Grazie" und ihr zwei dicke Scheiben Brot abschnitt auf einer ihrer „Hamstertouren" nach dem Krieg.

Sie stürzte sich als „landed immigrant" in Montreal mit den 50 Dollar Handgeld zum Einkauf in den Supermarkt, ohne ein Wort Englisch zu können.

Sie konnte in Edmonton als Haushälterin in einer jüdischen Familie auf ihre Erfahrungen im Umgang mit fleischigem und milchigem Besteck zurückgreifen.

Sie gab vor, ihren schönen Teint just den Avon-Produkten zu verdanken, die sie von Haus zu Haus erfolgreich verkaufte.

Sie assistierte gerne ihrem Mann, wen er mit der Kamera Familien porträtierte: ihre Kunststückchen entlockten den Kindern ein Lächeln.

Sie versuchte noch einmal neu in Victoria, B.C. heimisch zu werden, auch wenn die krächzenden Raben nie aufhörten, sie aus dem Nachmittagsschlaf zu wecken.

Sie beschäftigte sich liebend gern mit ihrem ersten Enkelkind und bestand darauf, mit ihr Deutsch zu sprechen.

Sie freute sich sehr, als ihr Mann ihr von seiner Europareise die Schallplatte mit Brahms' *Deutschem Requiem* mit Dietrich Fischer-Dieskau mitbrachte.

Sie wurde mit 74 Jahren Witwe.

Sie lebte allein in ihrem kleinen Haus und verscheuchte einen Einbrecher mit lauten Rufen nach ihrer Tochter, die gar nicht im Hause war.

Sie gärtnerte immer noch und pflegte mit Inbrunst den Strauch der Rose „Gloria Dei", von ihrem Mann geschenkt, in Erinnerung an ihren Hochzeitsstrauß und ihre „nie verschmerzte Heimat".

Sie verursachte einen Bagatellunfall, der sie ins Krankenhaus brachte, in den Rollstuhl, ins Altersheim. Sie verbrachte dort sieben Jahre, schließlich dankbar für die Nähe ihrer älteren Tochter im Nachbarhaus.

Sie forderte Ruhe ein im Aufenthaltsraum des Altersheimes, als eine Enkelin, zu Besuch aus Deutschland, eine Klaviersonate für sie spielte: „This is a concert!"

Sie starb sanft mit 96 Jahren, begleitet von ihren beiden Töchtern und ihrem Schwiegersohn.

Sie ist auf dem Raadi-Friedhof in Tartu beerdigt, neben ihrem Großvater Max Kaibel, den sie nicht gekannt hat.

Georg Carl Stahlberg (1866-1942, Dorpat/Tartu)

Wer war dieser Mann, diese schillernde Persönlichkeit, der Vater meiner Mutter, mein Großvater also, der immer, wenn man in der Familie von ihm sprach, in einer Wolke unterschiedlichster Äußerungen eher verschwand, als dass er sichtbar wurde. Man brüstete sich verstohlen mit seinem Renommee, oder man genoss Anekdoten, die sich um ihn rankten, oder man versuchte schamhaft, die Exzesse seiner Lebensführung zu überspielen. Manchmal schlich sich ein scheuer, mit Abwehr gepaarter Schmerz ins Erzählen, eine unbotmäßige Liebe.

Nur einmal habe ich ihn tatsächlich selbst erlebt. Zu Besuch bei ihm in Tartu.

„Lass mal hören", sagte mein Großvater, der Opernsänger, und setzte sich ans Klavier. Do, re, mi, fa, sol, la, si, do, wanderten seine Finger die Tasten hinauf. Ich, fünfjährig, stand da, sollte das nachsingen, Ton für Ton. „Do" erklang unter dem Zeigefinger des Großvaters. „Do" kam aus meinem Mund. „Re" – meine Knie zitterten. „Re" – nein, das würde ich nicht treffen. Ich klammerte mich an „Do", das hatte ich doch schon. Do, Do, Do – immer nur dieser Ton aus meiner zusammengepressten Kehle, während sein Finger die ganze Tonleiter hinaufkletterte. Mein Großvater klappte langsam den Klavierdeckel zu. „Kannst du vergessen", sagte er zu meiner Mutter.

Angst hatte ich gehabt, Angst vor diesem großen, mächtigen Mann mit den buschigen Augenbrauen, der lauten Stimme. Der mein Großvater war. Ein wenig ist die Angst während der drei Tage unseres Besuchs wohl gewichen, als wir mit seinem Pferd und seiner Kutsche einen Ausflug zum Gutshof Raadi unternahmen, als er uns ins Café Böning am Markt zu seinem Lieblingskuchen einlud. Auf immer ist für mich die weißliche Glasuroberfläche dieses Alexanderkuchens verschwistert mit der Oberfläche des hellen Marmortischchens, an dem wir saßen und die Köstlichkeit genossen.

Wer war dieser Großvater? Kandidat der Agrarwissenschaft, Opernsänger, Hausbesitzer, Erbe eines Hut- und Mützengeschäftes, Ehemann, Vater von sechs Kindern, außerehelicher Liebhaber, Oratoriensänger, Gesangpädagoge, Landwirt. All das war er, aber wer war er?

Es ist nicht leicht, ihn zu fassen. Obwohl er in der zweiten Lebenshälfte eigentlich nur an zwei Orten sesshaft war: ab 1901 – nach seinen Auslandsaufenthalten – wieder in dem väterlichen Haus in der Neumarktstraße in Tartu, in dem sich im Erdgeschoss das Geschäft befand, oben in mehreren Stockwerken die Kinder heranwuchsen und die Gesangsschüler sich die Klinke in die Hand gaben. Und nach 1907 auch auf der „Saare", wie er das kleine Landgut nannte, eine Halbinsel am Embach-Fluss vor den Toren der Stadt. Dort war er leidenschaftlicher Landwirt. In der Stadt führte derweil seine Frau mit kaufmännischem Geschick das Geschäft, bereicherte das Angebot um Damen-Accessoires und scheute auch weite Reisen etwa nach Lodz nicht, um Muffs und Federboas einzukaufen.

Auf der Saare gab es natürlich ein Pferd. Schon zu seinem 13. Geburtstag, erzählte meine Mutter, habe ihr Vater sich ein Pferd gewünscht, und tatsächlich stand es im Wohnzimmer, ans Klavier gebunden, da. Seine Kinder waren begeistert von den Ferien auf der Saare mit einem Vater, der schon mal einer Tochter, die Geburtstag hatte, ein frischgeborenes Schweinchen morgens ans Bett brachte. Auf die Saare kamen seine Gesangschüler mit dem Embach-Dampfer, das Johannifeuer loderte auf, es wurde gelacht und gesungen. Im Haus in Tartu dagegen zog sich die Stimmung zwischen den Eheleuten immer mehr zu, wurde heftiger, erschreckend gewalttätig. Bis meine Großmutter seine Liaison mit der Angestellten Olga, die im selben Haus wohnte, nicht mehr aushielt und 1912 ihn und die Kinder verließ.

Und was hatte ihn ins Ausland gezogen? In der Chronik der Studentenkorporation der Rigenser (1910) lese ich, dass Georg Stahlberg ein vierjähriges Studium der Landwirtschaft an der Universität Tartu abgeschlossen und zunächst auf verschiedenen Gütern als Landwirt gearbeitet hatte. Doch er gab diesen Einstieg in ein gesichertes Fortkommen auf: er wolle Sänger werden. Er nahm Gesangunterricht in St. Petersburg und

Köln, 1896 ging er – frisch verheiratet – nach Venedig, um sich im Belcanto ausbilden zu lassen, nahm ein Engagement in Parma an. Seine Position von 1899 bis 1901 als erster Bassist am Stadttheater Hamburg könnte der Höhepunkt seiner Karriere gewesen sein. Von meiner Mutter weiß ich, dass es aber auch den Einbruch der Stimme bedeutete: er musste Abend für Abend die großen Bass-Partien singen (Heinrich den Vogler, Sarastro). Seine Stimme war so schwer beschädigt, dass es sich verbot, ein verlockendes Angebot aus Wien anzunehmen. So kehrte er mit seiner jetzt fünfköpfigen Familie nach Tartu zurück. Von dort aus führte ihn bald die eine oder andere Konzertreise nach Wien, Berlin, Sankt Petersburg, Moskau. Er galt als der begehrteste Oratoriensänger Estlands. Ab 1922 lehrte er am neu eröffneten Konservatorium in Tartu. An seinem 70. Geburtstag wurde er mit einem Festakt und Konzert im Theater von Tartu, der Vanemuine, geehrt.

Diese Fakten kann ich genealogischen Handbüchern und Zeitungsartikeln im „Postimees" entnehmen. Aber sie geben mir keine Antwort auf die Frage: Wer war dieser Mensch? Wie hat er diese beruflichen Erfolge und Einbrüche ausgehalten? Wie hat er seinen Anspruch, ein Künstler zu sein, vereinbart mit seinen Pflichten, für eine achtköpfige Familie sorgen zu müssen? Wie kam es zu diesen entsetzlichen Streitszenen mit seiner vormals doch so geliebten Else, zu der Liaison mit der Angestellten Olga? Als seine Frau ihn verließ und als Gouvernante nach St. Petersburg ging, musste seine älteste Tochter – meine Mutter – als Fünfzehnjährige versuchen, die Familie zusammen-zuhalten. Nie hat es eine Versöhnung mit seiner Frau gegeben. Er ließ sich von ihr scheiden und heiratete Olga. 1939 entschied er sich gegen die Umsiedlung, obwohl seine Kinder ihm dazu rieten. Es schien ihm nicht ratsam, nach Deutschland zu gehen, obwohl er „nur Halbjude", seine Mutter eine polnische Gräfin und sein jüdischer Vater früh zum christlichen Glau-ben übergetreten war. Von Olga, der Estin an seiner Seite, versprach er sich wohl auch Schutz in seinem Heimatland, wenn die Sowjets an die Regierung kä-men. Man ließ ihn in Ruhe. Er starb drei Tage nach seinem 76. Geburtstag.

Meine Frage findet keine Antwort. Oder doch? Vor ei-nigen Jahren bin ich ihm zum einzigen Mal in meinem Leben im Traum begegnet. Er wusste nicht gleich, wer ich war. „Ich bin Lisses Jüngere, Maria." Da leuchtete Erkennen auf. Und ich erzählte ihm im Traum unsere Begegnung am Klavier, mein Festhalten am „Do" und sein Urteil „Kannst du vergessen". Er lachte auf und sah mich begütigend an: „Das musst du nicht so ernst nehmen."

Else Stahlberg, geb. Kaibel (1873 Dorpat/Tartu - 1934 Reval/Tallinn)

Als sie sechs Kinder geboren hatte –
erst das fünfte war der Sohn –
und Haus gehalten ein gutes Jahrzehnt,
als dann ihr Mann eine
andere nahm und sie barsch
anfuhr, abends, betrunken,

da brach sie auf in die Fremde
und schrieb
französische Briefe an ihre Kinder
und kam sie retten in der Russischen Revolution,
schiffte sich ein
mit drei Töchtern ins ferne Deutschland
und blieb dort – und später zurück in der Heimat –
Gouvernante, bis sie das Damenstift
aufnahm, wo sie nicht mehr leben wollte
und mit 60 Jahren starb.

Als ich 60 Jahre später
nach dem Damenstift suchte,
am Park fündig wurde, ein zweistöckiges Haus,
durchrieselte es mich, als ginge
meine Großmutter neben mir
und nähme meine Hand, ach Kind,
du warst damals noch klein,
vergiss nicht meine Geschichte.

***

Else schaute sich um, rechts, links. Nicht schon wieder sollte jemand sie vor Tante Annas Haustür sehen. Dann sprang sie die Stufen hinauf. Georg war schon da, groß, breitschultrig stand er, die Hände in den Hosentaschen, und schaute zum Fenster hinaus, als sie den Salon betrat. Er drehte sich um, kam drei Schritte auf sie zu, langsam entspannten sich seine zusammengepressten Lippen. Er legte den Arm um ihre kleine, kompakte Gestalt, drückte sie an sich.

„Else!"

„Georg!"

Sie traten einen Schritt auseinander, schauten sich an, lächelnd jetzt. Aber kaum hatten sie sich gesetzt, sagte Georg:

„So geht das nicht weiter. Ich kann dich nicht immer heimlich treffen. Ich will doch …" Er hielt inne, fasste nach ihrer Hand und fuhr in einem lockereren Tonfall fort „ich möchte so gerne mit dir zum Faschingsball gehen. Meine Freunde fragen schon, mit wem ich käme, und ich muss mir immer neue Ausreden ausdenken."

„Ja", sagte Else, „ja, Georg, das möchte ich auch." Und nach einer kleinen Pause: „Aber was sollen wir denn machen? Mama dreht sich um und geht stumm aus dem Zimmer, wenn ich nur deinen Namen erwähne. Sie hat kein bisschen Einsicht gewonnen in den drei Monaten. Ich bin schon froh, dass wir uns hier bei Tante Anna treffen können."

„Ja, natürlich", Georg strich mit dem Mittelfinger immer wieder über seinen Schnurrbart. „Aber sie kann mich doch nicht ewig zur Hölle wünschen, bloß weil mein Vater Jude war."

„Ach, es ist nicht nur das, Liebster, obwohl ich ihr schon zig Mal gesagt habe, dass dein Vater sich mit dreizehn hat taufen lassen, konfirmiert wurde. Sie hört auch solche Geschichten über dich, du weißt doch, wie das in einer kleinen Universitätsstadt ist. Diese Gelage der Studenten, klagt sie, die halben Nächte feiern die. Und dass du so eine schöne Stimme hast, auch das kreidet sie dir an: Der ist doch immer der Anführer, laut singend ziehen die durch die Stadt. Und dass der wilde Georg Stahlberg – so redet sie dann – mit dem Dreispänner über den zugefrorenen Embach gedonnert ist, das hat sie auch nicht gerade für dich eingenommen."

Georg war aufgesprungen, stand wieder vor dem Fenster.

„Wir müssen weg, Else, wir müssen weg aus Dorpat. Hier wird es nie was. Ich möchte nach Venedig, um meine Stimme ausbilden zu lassen. Kommst du mit? Komm mit! Jetzt! Wozu noch warten!"

Er stand vor ihr, griff nach ihren Händen, zog sie zu sich hinauf.

„Ach", sie atmete tief durch, „ach, Georg, meinst du wirklich? Dann könnten wir endlich zusammen …"

„Ja, Liebe, ja. Das können wir. Wenn wir bescheiden leben. Das Geschäft von meinem Vater wirft ja etwas ab, und ich kann Gesangsstunden geben. Ich habe ja jetzt schon einen Schüler."

Sie fuhren nach Venedig. Die älteste Tochter wäre beinahe dort zur Welt gekommen, dann aber doch in Dorpat. Die nächsten drei Töchter wurden in Hamburg geboren. Georg sang an der Hamburger Oper den Sarastro, den Boris Godunow – jeden Abend eine andere Bass-Partie. Nach drei Jahren war die Stimme verschlissen. Die jetzt fünfköpfige Familie musste zurück nach Dorpat, sie bezog das Stahlberg'sche Haus in der Neumarktstraße mit dem Hut- und Mützengeschäft, wo die Studenten ihre Deckel kauften. Im ersten Stock drangen die Stimmen der Gesangsschüler durch die Wohnzimmerwand. Else begleitete ihren Mann auf dem Klavier, sang sonntags im Chor der Universitätskirche, bestickte wunderschön Blusen und Tischtücher, gebar endlich den Sohn Georg und dann noch die kleine Else, führte mit Umsicht und kaufmännischem Verstand das Geschäft, das unter ihrer Regie expandierte und lag abends wach im Bett, ängstlich auf die Schritte ihres Mannes lauschend.
„So spät?"
Georg war schwerfällig und in Alkoholdunst gehüllt ins Schlafzimmer getreten.
„Ja, natürlich so spät. Im Laden muss ich ja auch noch nach dem Rechten sehen. Die Olga muss ja erst angelernt werden."
„Und das so spät abends?"

Georg wurde lauter: „Was willst du? Ich kann nicht mehr als ich kann. Schüler den ganzen Tag – und da können wir noch von Glück reden, dass ich so gefragt bin."

Jetzt nur nicht ihm widersprechen, ermahnte sie sich, sonst wird er noch wütender.

„Ja, ich weiß. Komm, leg dich hin."

Georg ließ sich schwerfällig in sein Bett neben Elses fallen. Sie lag mit offenen Augen da, als er zu schnarchen begann. Unten hörte sie eine Tür klappen. Dass diese neue Angestellte, die Olga, auch noch im Haus ihr Zimmer haben musste! Aber das war wohl vernünftig, dann mussten sie ihr nicht so viel Lohn bezahlen. Und doch, die Leute in der Stadt tuschelten schon, Georg Stahlberg und diese Olga ... Sie lag wach, starrte mit offenen Augen ins Dunkle. Was war geschehen, mit Georg? Mit ihr? Abend für Abend diese furchtbare Angst: Wird er wieder getrunken haben? Wird er einfach nur ins Bett fallen? Oder wird er ausfällig werden, handgreiflich? Sie wälzte sich auf die Seite, konnte und konnte nicht einschlafen.

***

Nachdenklich steht Else an das Fenster gelehnt und lässt ihren Blick die Neumarktstraße hinaufschweifen. Sie sieht ihren Mann die Straße hochkommen, dann unten ins Geschäft treten. Sie merkt, wie ihr Herz zu klopfen beginnt. Sie weiß, im Laden ist Olga. Er hat es ihr gesagt. „Olga ist eine tüchtige Kraft. Sie schmeißt den Laden.", das hat er gesagt. Und sie, die, seit sie aus Hamburg zurück sind, im Geschäft die Zügel in die Hand genommen hat? Sie merkt, wie sie an nichts mehr denken kann als an ihren Mann und Olga unten im Laden.

Sie könnte hinuntergehen und die Tür aufreißen. Aufreißen ist nicht ihre Art. Sie würde sie öffnen, bemüht, es wie ganz gewöhnlich zu machen. Sie würde ... sie würde ...

Sie nimmt ihren Mantel, setzt ihren Hut auf, zieht ihre Handschuhe straff und geht die Treppe hinunter, durch den Gang am Laden vorbei, auf die Straße. Sie wendet sich nach links, geht die leicht ansteigende Neumarktstraße hinauf, biegt in die Rigasche Straße und klingelt. „Else, du?", sagt ihre Schwester erstaunt, als sie in der Diele steht, mitten am Vormittag, unangemeldet.

„Ja", sagt Else, „ich halte es nicht mehr aus. Ich halte es nicht mehr aus in dem Haus mit den beiden."

Sie hat ihre beigefarbenen Handschuhe auf das Tischchen vor den Spiegel gelegt, setzt dann ihren Hut ab. Über ihre Schulter fragt sie: „Kann ich bleiben?"

Die Schwester steht immer noch reglos neben der Tür. Jetzt macht sie einen Schritt auf Else zu, sagt fast mechanisch: „Gib mir deinen Mantel", und dann „natürlich kannst du bleiben".

Sie hängt den Mantel sorgfältig auf einen Bügel,

streicht über den Stoff. „Meine Güte, Else ..." Sie sieht ihre Schwester im Spiegel. Die Haare wie immer gut frisiert, Stirnlöckchen. Die weiße, bestickte Bluse hoch geschlossen. Doch ihre Augenlider flattern, der Mund fest zusammengepresst, die Haut unregelmäßig gerötet.

„Else, hast du dir das wirklich überlegt?"

„Überlegt, überlegt – vor lauter Überlegen wache ich jeden Morgen um fünf Uhr auf, seit Monaten. Es gibt nichts mehr zu überlegen. Ich muss da fort."

„Und die Kinder?"

„Lisbet ist fünfzehn. Sie ist ja sowieso die geborene Hausfrau. Schon jetzt sagt sie immer, was auf den Tisch kommen soll. Das kann sie auch Anna sagen. Sie werden mich gar nicht ver ..." Hastig hat sie ihr spitzengesäumtes Taschentuch aus der Tasche gezogen und hält es sich vor den Mund. Tränen springen über die rotgeränderten Lider.

Grete legt einen Arm um die Schulter der Schwester. „Komm, setz dich erst mal."

Sie führt Else zum kleinen grünsamtbezogenen Sofa und schiebt ihr ein Kissen in den aufrecht gehaltenen Rücken. „Sie werden mich gar nicht vermissen", holt Else nach.

„Aber Else, das glaubst du doch selbst nicht. Die Kleinen. Elschen ist doch erst sieben."

„Ja, ich weiß, aber sie ist so selbständig – und so einfallsreich. Sie steckt die Großen einfach in den Sack. Und musikalisch ist sie, Grete, das glaubst du nicht.

Wie gut sie die Oberstimme halten kann. Neulich beim Weihnachtsoratorium, ihre glockenhelle Stimme. Ach, war das schön." Versonnen blicken Elses Augen in die Ferne, dann wendet sie sich ihrer Schwester zu: „Sie könnten mich doch auch hier besuchen, Grete, nicht wahr?"

„Ja, natürlich können sie dich besuchen", antwortet Grete, während sie überlegt, welche ihrer beiden Töchter sie in das Zimmer der anderen umquartieren muss, damit ein Raum für die Schwester frei wird.

***

Sie ging auf und ab, schaute auf die Uhr, musterte die kleine Grünanlage nach einer Bank, einem Plätzchen, wo sie nicht ganz so ausgesetzt sein würden. Endlich tauchten sie auf, alles sechs.

„Wieso kommt ihr denn so spät?"

Das aufgestaute Warten schärfte die Frage. Sie sah, wie Lisbets Stirnfalte sich vertiefte, als sie mit gepresster Stimme antwortete:

„Es dauert immer so lange, bis sie alle fertig sind. Ich kann nicht ..." Sie senkte den Kopf. Die Stiefelspitze kickte ein Steinchen auf dem Schotterweg. Alle standen betreten herum.

„Kommt, wir setzen uns dort auf die Bank", sagte sie und versuchte, Aufmunterung in die Stimme zu legen, „ich habe euch auch was mitgebracht."

Die Kinder drängten sich auf der grün lackierten Parkbank an sie. Georg und Else, die Kleinsten, steckten neugierig die Nasen in das Papiertütchen. Die Finger wurden schnell klebrig, wenn man die orangen und himbeerrosa Marmeladenschnitze hervorklaubte. Sie ließ die Tüte herumgehen, sah auf die gebeugten Köpfe, die mehr oder weniger gerade gezogenen Scheitel. Wie eine Schar Tauben, die nach Körnern picken, ging es ihr durch den Kopf.

„Erzählt mal", sagte sie, „wie geht es denn in der Schule?"

Georg hatte es plötzlich sehr eilig, sich das Denkmal von Barclay de Tolly genau anzusehen.

„Er hat ein ganz schlechtes Russisch-Diktat geschrieben", sagte Lisbet. Und Gerta ergänzte: „Und mit mir üben wollte er nicht."

Sie hätte ihm helfen können, dachte sie. Für sie waren Sprachen immer leicht gewesen, Russisch, Französisch – es war ihr so zugeflogen.

„Und du, Lisbet?", wandte sie sich an ihre Älteste.

„Ach, Mami, du weißt doch, ich geh einfach nicht gern in die Schule. Und jetzt, wo alles auf Russisch unterrichtet wird, ist es noch schlimmer. Am liebsten würde ich mit Mittlerer Reife abgehen."

„Und was willst du dann machen?"

„Ich könnte Gouvernante werden. Mit Kindern umzugehen übe ich ja genug." Ihre Lippen verzogen sich spöttisch.

„Ja, meinst du?" Es kam ihr so überraschend, dass die Schulzeit für die Älteste schon zu Ende gehen sollte.

„Gouvernante?"

„Ja – ich könnte vielleicht zu Nolckens. Papi hat gehört, die suchen jemanden. Stell dir vor, auf Schloss Luunja. Da gibt es einen kleinen Jungen und ein Mädchen. Das ist bestimmt nicht so anstrengend wie …" Sie verbiss sich das Ende des Satzes.

Der Mutter gab es einen Stich. Sie wusste ja: Die ganze Last des Haushalts lag nun auf den Schultern der Ältesten. Auch wenn es die Köchin Anna gab, Lisbet musste die Fäden in der Hand halten, auch für die Geschwister. Ihr Mann war ja immer im Geschäft, oder er gab Gesangstunden, oder er traf sich mit Freunden, oder mit – mit dieser Olga.

Wo hatten ihre Gedanken sie nur hingeführt? Mit einem Ruck versuchte sie, wieder in die Wirklichkeit zu kommen: ihre Kinder, jetzt, hier. Sie konnte stolz auf sie sein, ach, und sie liebte sie. Sie streckte ihre Arme aus, so weit es ging. Sie erreichte links und rechts nur die Schultern von Erika und Ello, von Else und Gerta. Lisbet war zu weit weg.

„Kinder", sagte sie, „nicht traurig sein", und merkte, dass sie vor allem sich selbst Mut zusprach. Erika und Ello hatten angefangen, ihre Handschuhe auszutauschen und probierten sie kichernd an, während Gerta Georg nicht aus den Augen ließ. Nur Else, ihr Nesthäkchen, schmiegte sich an sie.

„Weißt du, Mami", fing sie jetzt an, „Papi hat gesagt, ich habe immer so gute Einfälle. Weißt du, es ist doch so eng im Vorzimmer. Und ich habe gesagt, wir können doch über der Treppe ein Zimmer bauen, so mit einem Geländer. Balustrade, sagt er. Dann hätten wir mehr Platz. Und er sagt, das ist eine gute Idee und jetzt will er es machen lassen. Und er hat mich sehr gelobt." Aufgeregt hatte Else ihren Bericht zu Ende gebracht.

Sie sah in die leuchtenden Augen ihrer Jüngsten und drückte sie an sich.

„Das ist ja – gut", murmelte sie. Und während sie noch die Welle von Freude spürte, die von Else ausging, gab es ihr einen Stich. Unerträglich, dieses Zerrissensein. Ihre Kinder nur so sehen zu können, in einer öffentlichen Anlage. Ein einziges Elend. Und plötzlich wusste sie: Das ist kein Zustand – so zu tun, als wäre es noch wie vorher. Ich kann nicht daran festhalten. Ich muss hier weg. Ich muss sie lassen. Und ich muss irgendwo hin, wo ich nicht festhänge an dem, was war und was es nicht mehr gibt, für mich.

Gouvernante, hatte Lisse gesagt. Sie selbst war doch Gouvernante gewesen, ehe dieser Georg Stahlberg, dieser wunderbare, dieser schreckliche Heißsporn, sie im Sturm erobert hatte. Die Heftigkeit, die Bedingungslosigkeit dieser ersten Zeit, die sich nach sechs Kindern jetzt so schrecklich verkehrt hatte. Trunkenheit, Gewalt – schließlich diese unwürdige Liebschaft.

Gouvernante. Ja, sie könnte wieder Gouvernante sein. Französisch, ihre Stärke. Weit weg von Dorpat, den Menschen, die sie alle kannten, die scheele oder mitleidvolle Blicke auf sie warfen, wie sie hier saß mit ihren Kindern. – Sie würde einen klaren Strich ziehen. Sie könnte für sich selbst sorgen. Weit weg von diesem Ort der Demütigungen. Russland, vielleicht, Sankt Petersburg. Und die Kinder – sie hielt inne – ja, aber die Kinder … Ihr Blick fiel auf die pickenden Tauben um das Denkmal von Barclay de Tolly. Georg scheuchte die Tauben, wartete, dass sie wiederkamen, scheuchte sie erneut.

„Georg, komm her, mein Lieber", rief sie und strich ihm, als er vor ihr stand, das Haar aus der erhitzten Stirn. „Übst du auch ordentlich?" Georg schaute verlegen zur Seite.

„Er will immer nur singen", mischte Erika sich ein, „er singt alles, was die Studenten singen, wenn sie zu Paschen in die Gesangstunde kommen. Er steht hinter der Tür und hört zu."

„So, so", sagte sie und fuhr ihm noch einmal, fast geistesabwesend, übers Haar. Dieses Kind, dieser Sohn, so lange erwartet. Ein Mädchen nach dem anderen, genau wie die Zarin, der Vergleich mit ihr hatte ihr gutgetan, und nun stand er vor ihr und war ihr der Allerfernste von ihren Sechsen. Nicht zu entziffern das schmale Gesicht, die feine, gebogene Nase. Gar nicht wie sein Vater mit den mächtigen Zügen. Ob es schwer für Georg war, mit den viel größeren, eigenwilligen Schwestern?

„Wir müssen jetzt gehen", riss Lisse sie aus ihren Überlegungen.

„Was, so schnell?"

„Anna hat gesagt, wir sollen nicht wieder so spät zum Essen kommen."

„Ach so, ja", murmelte sie, stand auf und streifte sich den Mantel glatt. Sie war eine kleine Frau und jetzt, mit fast 40 Jahren, ein wenig korpulent. Ihre großen Töchter überragten sie bereits. Ach, wie gerne hätte sie alle umarmt, jedem Kind einen Kuss gegeben. Aber sie wusste schon, dass die Großen sich scheuten vor so viel Gefühlen in der Öffentlichkeit. Nur Ello schmiegte sich mit ihren verträumten Augen gedankenverloren an sie. Else hob ihr kleines Gesicht und machte ein spitzes Mündchen. Georg reichte ihr korrekt die Hand.

„Passt auf!", rief sie ihnen hinterher, als der Pulk sich schon über die Straße schob. Worauf sollten sie aufpassen? Sie schüttelte den Kopf und begann, die Promenadenstraße in die andere Richtung hinaufzugehen. Russland? Sankt Petersburg? Sie schaute auf, traf den Blick eines Passanten, sah, wie er höflich den Hut lüpfte und erwiderte geistesabwesend seinen Gruß.

***

Sankt Petersburg, den 11. September 1912

Meine liebe Lisbet!
Vor einer Woche bin ich hier angekommen. Ich soll mit der achtjährigen Natascha Lesen üben und mit Boris und Natascha nur Französisch sprechen. Das sind meine Aufgaben als Gouvernante.
Ich bin wie zweigeteilt. Ein Teil ist hier. Ich wohne in

einem kleinen Zimmer mit einem großen Fenster, das auf die Fontanka hinausgeht. Der breite Kanal ist ein schöner Anblick, und wenn ich nach dem Mittagessen, das ich allein mit den Kindern einnehme, meine Ruhepause habe, scheint die Sonne schon durch das Westfenster und weckt mich von meinem kleinen Mittagsschläfchen. Du weißt, wie sehr ich die Mittagsruhe brauche und brauchte. Oft genug habe ich Euch heftig ermahnt, nicht so laut zu sein. Ach, wie wünschte ich mir jetzt, von Deinen Fingerübungen oder Elses Gekicher geweckt zu werden.

Doch dann lenken die Kinder mich auch wieder ab. Sie sind sehr wohlerzogen, doch oft kommt die spontane Herzlichkeit der Russen durch. Natascha schlingt ihren Arm um meinen Hals und will meine Brosche anprobieren – du weißt, die mit den kleinen Smaragden, die Paschen mir zum 5. Hochzeitstag schenkte.

Nein, ich darf mich nicht in die Vergangenheit verlieren. Ich habe ja auch Glück gehabt, dass Epinatews mir diese Familie vermittelt haben. Es ist doch nicht so, als wäre ich eine ganz beliebige Gouvernante. Elisaweta Stepanowna ist äußerst freundlich und verständnisvoll. Sie rührt nie an meine Vergangenheit, obwohl ich glaube, dass sie weiß. Und Ivan Ivanowitsch ist korrekt. Er küsste mir sogar die Hand bei der ersten Begegnung. Also muss ich mich nicht gedemütigt fühlen. Es wäre alles ganz gut, wäre da nicht diese unablässige Sehnsucht nach meinen geliebten Kindern. Wie geht es Euch? Wie kommt Ihr ohne mich zurecht?

Du bist ja eine so wunderbare Haushälterin, meine große Lisse. Ich weiß, dass es nicht leicht ist für Dich mit den Kindern; umso mehr bin ich voller Anerkennung für Dich, wie Du das bewältigst. Übt Georg auch regelmäßig? Du weißt, er bückst so gerne aus. Solltest Du mal Rat brauchen, geh zu Tante Grete. Sie weiß ja alles; meine liebste Schwester ist Euch von Herzen wohlgesonnen.

Ich hoffe, Olga mischt sich nicht in die Familienangelegenheiten. Wohnt sie immer noch im Hause? Nein, ich sollte nicht daran denken, ich bin jetzt hier in Sankt Petersburg, Hausdame und Gouvernante bei der Familie Nekrassow.

Heureusement
ta Mère

PS. Stell Dir vor, Elisaweta Stepanowna gefiel meine gestickte Bluse so gut, dass sie mich bat, ihr auch eine zu sticken. Ich bin ganz aus der Übung, aber es wird schon gelingen, ich sticke ja so gerne.

***

Sie musste weg. Aus Sankt Petersburg. Wo die Revolution tobte. 1917. Die Roten brachen in die Wohnungen ein, raubten, vergewaltigten. Wer konnte, floh; eine riesige Fluchtbewegung nach Westen. Sie wollte ihre Töchter in Sicherheit bringen: Lisbet,

Gerta, Ellinor – die Großen. Man könnte versuchen, von Reval nach Deutschland zu gelangen.

Auf dem Dampfer en route nach Danzig. Sie schliefen im großen Schlaflager der Flüchtlinge unter Deck, sie und ihre drei Töchter und ihre Schwester und deren Töchter. Es war eng, es war heiß, es stank. Und sie war erleichtert, dass sie unterwegs waren. Rings um sie atmete und schnarchte es. War sie davon aufgewacht? Ihre Augen gewöhnten sich an das Halbdunkel. Wieso halbdunkel? Da hatte doch jemand seine Fellmütze unter die einzige Glühbirne an der Decke gebunden. Guter Einfall, dachte sie, sonst würde man überhaupt kein Auge zumachen. Ihr Blick verweilte an der Mütze. Da war doch was? Roch es nicht? Sie sah genauer hin. Da schien etwas zu rauchen. Jetzt war sie ganz wach, begriff: Die Mütze beginnt, Feuer zu fangen. Die Mütze – und unter der Mütze 50 Menschen auf Strohsäcken und Matratzen, schlafend. Alle schlafend. Sie allein wach. Da stand sie schon, riss an der Mütze – gut, dass die Decke so niedrig war – riss, bis sie das Ding in den Händen hatte, das Futter schmorte, sie musste schnell sein, schnell die schmale Treppe hinaufstolpern, konnte das Geländer nicht fassen, der Luftzug fachte das Schmoren an, rotes Glimmen bereits, noch eine Treppe, durch die Türen, die sie mit der Schulter aufschob, niemand weit und breit, sie musste auf das Deck, bis zur Reling, jetzt – sie schmiss das Ding in hohem Bogen – nicht, dass es noch irgendwo hängenblieb – jetzt brannte es schon – hinaus ins Meer.

Am Morgen sahen sie den Kapitän. Sein Haar schlohweiß, plötzlich. Sie erfuhren, dass sie die ganze Nacht durch verminte See gefahren waren.

***

Meine Großmutter Else Stahlberg starb mit 61 Jahren in Tallinn. Da war ich zwei Jahre alt. Wenn ich mich auch noch so bemühe, sie leibhaftig vor mir zu sehen – es gelingt mir nicht.

Auch in meiner Phantasie bilden sich keine Szenen für das letzte Jahrzehnt ihres Lebens. Wie lange blieb sie nach der Flucht mit ihren Töchtern aus Estland in Berlin? Dass sie in Berlin im berühmten Philharmonischen Chor von Professor Siegfried Ochs gesungen hat, das hat meine Mutter erzählt, die selbst mitsang. Aber wovon lebte meine Großmutter in Berlin in den Jahren der schlimmsten Inflation? Arbeitete sie wieder als Gouvernante? Wann genau kehrte sie in den 20er Jahren nach Tallinn zurück? Dort fand sie – nie versöhnt mit ihrem Mann, der sich von ihr hatte scheiden lassen – erst bei der einen Tochter Unterschlupf, dann bei der anderen. Bei beiden, mittlerweile mit eigenen Familien, war des Bleibens nicht. Zuletzt lebte sie in einem Stift, von dem ich meine, es am Rande des Katharinentaler Parks ausfindig gemacht zu haben. Sie starb an Blasenkrebs, heißt es, aber auch das ist nicht gesichert. Sie wollte wohl einfach nicht mehr leben.

Woran ich mich gut erinnere, ist ihr Grab auf dem Friedhof in Ziegelskoppel, das ich bis 1939 immer wieder mit meiner Mutter besuchte: eine Grabstätte, schlicht von einem Band hellgrauem Granit eingefasst, am Kopfende eine aufgestützte Granitplatte und eingraviert in goldener Schrift: *Elsbeth Stahlberg, geb. Kaibel, 1873-1934.* Immer blühten üppig Vergissmeinnicht und leuchtend rosa Fleißige Lieschen auf diesem Grab, das für mich eine ganz besondere Anziehungskraft hatte. Es lag nicht weit von der Sporleder'schen Grabstätte, die, mit einem eisernen Zäunchen umgeben, ein eigenes Areal bildete. Meine Großmutter in Reichweite, doch allein, für sich.

Den Friedhof gibt es nicht mehr, er wurde nach 1945 von sowjetischen Planierraupen eingeebnet und zu einem Park gemacht. Doch es ist offensichtlich, dass die Bäume längs der Wege älter sind als der heutige Park. Und wenn meine Füße vom Weg abweichend vorsichtig über den Rasen gehen, meinen sie Unebenheiten zu spüren, regelmäßige Erhebungen und Senken, als wollten die Gräber sich nicht endgültig totschweigen lassen.

Mit Kalev unterwegs

Den Kopf immer ein wenig schräg gelegt und die wasserblauen Augen wie abwesend in die Ferne gerichtet, so sehe ich Kalev, wenn ich ihn mir vor die Augen hole.

Der erste Eindruck im Juni 2005 war anders. Ein regnerischer Morgen in Tallinn, ich habe gerade angerufen, weil der Bus um Viertel nach zehn noch nicht da ist. Dann ist er da, unser estnischer Fahrer. Ein junger Mann – wie jung, erstaunt mich dann doch, „I was nine, when Estonia became independent" – der mit Ruhe und Umsicht die Gepäckstücke der elf Reisenden in den sehr kleinen Bus schachtelt. Als wir losfahren, hat seine Ruhe sich mir schon mitgeteilt. Die große Hand am Ganghebel, die Sorgfalt, mit der er das heruntergefallene Mikrofon wieder in der Halterung fixiert, und dann sein schnelles Erfassen der Situation. „So I speak to you in English and you translate."

Wir sind bald eingespielt. Er erzählt von der EU-Finanzierung der drei estnischen Hauptverkehrsadern: Via Hanseatica, Via Baltica, Via Estonia, und ich davon, dass eine meiner Töchter die Umweltdesaster an der estnischen Nordküste, an der wir gerade entlangfahren, 1991, nur Wochen nachdem Estland das sowjetische Joch abgeschüttelt hatte, in einer abenteuerlichen Reise mit Fotos dokumentiert hat. Er weist auf ehemalige deutschbaltische Herrensitze hin, ich ergänze die besonderen Sozialstrukturen während der 800 Jahre seit der Landnahme des Deutschritterordens.

Im Kloster Kuremäe wird mir endlich klar, dass wir nicht nur einen Fahrer, sondern einen Fremdenführer in ihm haben – und einen ungewöhnlich differenzierten dazu. Er erläutert die Gemälde im Torbogen mit einem Respekt, der noch die Wortwahl bestimmt: Die Mutter Gottes sei hier auf ihrem „Bett des ewigen Schlafes" dargestellt, so würden es die Rechtgläubigen formulieren, fügt er hinzu.

Kalev sitzt – die langen Beine, immer in einer schwarzen Tuchhose, nicht etwa in Jeans, unter dem Küchentisch unserer Pensionswirtin Marja gefaltet – und spricht mit ihr, als wären sie alte Vertraute. „I am coming back Monday, I have a project here" verrät er auf unserer letzten Etappe nach Tartu. Was wohl? Da schweigt der Este.

Im Silberrahmen steht in Marjas Haus sein Foto auf dem Sekretär: Rote Nelke im Knopfloch des schwarzen Anzugs, die junge Braut legt ihm von hinten die Arme um die Schulter, den blond gelockten Kopf dicht neben seinem schräg gehaltenen, strahlt sie den Betrachter an. „We will have a child next year". Die Frau möchte erst ihre Hebammenausbildung beenden. „We can afford a child", versichert er mir. *One* child, sinniere ich laut, denn das ist eigentlich nicht genug, um die Esten von dem Aussterben zu bewahren. Er schaut mich nachdenklich an, ganz kurz, dann haftet sein Blick wieder auf der Straße.

Kalev kann wie selbstverständlich eine alte Ikone von einer neuen unterscheiden, er sei letzthin mit einem Ikonenexperten gereist. Er sitzt ebenso präsent und zugleich unprätentiös dabei, wenn die Reisegruppe, er nicht, Vodka beim altgläubigen Osip trinkt, wie am Grill in Marjas Garten, wo er geduldig die estnischen Würste für die Gäste wendet.

Kommt das Wohltuende seiner Gegenwart aus der Gelassenheit, der tiefen – durchaus nicht lächelnden – Freundlichkeit, mit der er „sein Ding" tut? Als ich ihm in Tartu nach unserem Abschiedsständchen unser „Dankeschön" überreiche, nimmt seine rechte Hand sich viel Zeit, um den Briefumschlag in der linken Brusttasche unterzubringen. Von meiner eilig ausgestreckten Rechten, die derweil wartend in der Luft steht, lässt er sich nicht drängen.

Und dabei ist Kalev erst 23 Jahre alt.

Der Vorzeigegarten

„Heute ist wieder Markttag", begrüßt Ene die Reisegruppe am Kleinbus, „wollen Sie einen Stopp machen?"

Natürlich wollen alle. Markt in Estland im Monat August: Gurken, Riesenbüschel Dill, die Mohrrüben immer noch klein und zart, so weit nördlich wachsen sie langsamer. Dann Berge von Zwiebeln. „Zwiebelrussen" würden die hier Siedelnden genannt, erklärt Ene, die junge Estin. Die Altgläubigen sind schon vor 350 Jahren aus Russland an das westliche, estnische Ufer des Peipussees gezogen, ihres Glaubens wegen, der in Russland in der alten Form per Dekret verboten worden war. Zwiebeln, Gurken, Tomaten – davon haben Generationen leben können, bescheiden, aber beständig, wie die schmucken Häuschen längs der Uferstraße von Kasepää bezeugen.

Die Besucher schlendern an den Ständen vorbei, fotografieren, kaufen ein Schälchen Himbeeren, lassen die Fingerspitzen über die samtglatten Brettchen aus Wacholderholz gleiten – und sind plötzlich konfrontiert mit einem ganz anderen Anblick: Ein alter Mann, gebeugt vor sich hin starrend, vor ihm auf einer Holzkiste ein Paar schwarze Stiefel, das rissige Oberleder blank gewienert, daneben eine blecherne, leicht zerbeulte Milchkanne. Als er die Touristen sieht, strafft sich sein Rücken, er greift in eine große Papiertüte und zieht eine Herrenmütze aus grauem Karakul hervor.

Neben dem Mann eine ältere Frau, die ein gebügeltes, am Kragen nur minimal abgewetztes Hemd vor sich liegen hat und sich jetzt eine frische Kittelschürze an den Körper hält, wie um deren Nützlichkeit zu demonstrieren. Die Reisenden streben zum Bus, der verheißene Tomatengarten wartet. Ene muss im Bus nicht viel erklären. Dass die Menschen auf dem Markt ihr Hab und Gut verscherbeln, war allen klar. Warum? Weil jetzt im freien Estland der Import von Tomaten und Gurken die Preise so drücke, dass die Zwiebelrussen in die Armut abglitten.

Dann sind sie im Vorzeigegarten. Festen Schrittes führt die Gärtnerin Irina sie durch die Reihen üppig tragender Tomatenpflanzen, erzählt und erzählt. Ene steht, schmal, blond und sommersprossig, neben der leicht gebeugten Russin und kommt mit dem Übersetzen kaum nach.

„Die Tomaten, die hier angebaut werden, enthalten besonders viel Fruchtfleisch, viel mehr als die importierten."

Irina muss offenbar darum kämpfen, ihre Tomaten abzusetzen. Sie hat drei große Tomaten abgepflückt, ein schartiges Messer aus der Kittelschürzentasche gezogen, die Tomaten geschickt durchteilt und bietet sie zum Kosten an. Die Besucher beißen in die Tomatenhälften, vorsichtig, dann genießerisch ob des fast vergessenen Aromas. Kindheitstomaten! Irinas braune Augen strahlen, die sonnengegerbte Haut bildet Falten um die Augen und tiefere Furchen um den Mund, in dem zwischen Zahnlücken zwei Goldzähne blitzen. Ihre Füße in ausgelatschten Sandalen stehen fest auf dem eigenen, geerbten Boden. Jetzt kehrt sie ihr freundliches Gesicht Ene zu – und erstarrt. Die braunen Augen, plötzlich klein und scharf, hängen an Enes weizenblondem Haar, das sie mit einem Kamm hochgesteckt hat. Es ist ein kunstvoll verschnörkelter, großer Schildpattkamm, honiggolden. Ene guckt verblüfft.

„Der Kamm", stößt Irina hervor.

Jetzt braucht es keine Übersetzung, alle begreifen: Es ist etwas mit diesem Kamm. Irina tritt auf Ene zu, ihre schwieligen Finger fassen durch die Luft. Ene zuckt zurück, macht einen Schritt rückwärts, die blauen Augen verständnislos aufgerissen. Da kommt ein Schwall russischer Wörter aus Irinas Mund, die Hände gestikulieren. Ene streckt den Rücken sehr gerade, auf ihrer jungen Stirn bildet sich eine Zornesfalte. Dann, langsam, beginnt ihre Anspannung sich zu lösen. Sie scheint zu verstehen, sie sagt etwas. Irina verstummt, schaut zu Boden, führt die Hände wie eine Schale langsam vors Gesicht, verharrt, fährt sich schließlich mit den Fingerkuppen über die Augen. Dann stehen beide da, stehen einfach nur da. Bis Ene nach dem Kamm greift, mit einer langsamen Geste ihn aus dem Haar zieht. Ihr Haar fällt über die Schulter, bedeckt halb das Gesicht. Sie schaut auf den Kamm in ihrer Hand, dann Irina an, eine kaum merkliche Bewegung auf Irina zu. Die zögert, streckt dann doch die Hand aus, ergreift den Kamm, bekreuzigt sich.

Die Reisenden verlassen stumm hinter Ene den Vorzeigegarten. Einige legen diskret einen Geldschein
neben die Waage. Erst im Bus beginnt Ene langsam
zu sprechen: Sie hatte den Kamm am Vortag auf dem
Markt gekauft. Offenbar von Irinas Mutter, die dort
gesessen hatte und den Kamm verkaufte, den sie von
ihrer Mutter geerbt hatte. Und der eigentlich einmal
Irina gehören sollte.

Eine Hand

Der Boden unter mir ist weg – meine Füße fliegen durch die Luft. Dann kommt der Boden wieder. Hart, sauhart, ein Schlag gegen den Hüftrand. Ich liege platt auf dem Rücken, auf dem beinhart gefrorenen Eis. In der Innenstadt von Tallinn. Schnappe nach Luft, spüre sofort den Schmerz im Rückgrat. Das Iliosakralgelenk, natürlich, diese Schwachstelle, wieder getroffen. Ich kann mich nicht rühren. Mein Begleiter neben mir, verstört, als hätte er es verhindern müssen, versucht, mir beim Aufstehen zu helfen. Mein Schmerz bahnt sich Luft in Empörung. Warum streut hier niemand? Meine Wut richtet sich gegen x-beliebige Unterlassungssünder, die den Bürgersteig nicht vom Eis befreit haben. Sonst läge ich nicht hier, krabbelte mühsam auf alle vieren, um mich hochhieven zu lassen vom Begleiter, der sich umschaut, wo kann ich hin, um mich niederzulassen, zu setzen, zu legen, einerlei was, nur irgendetwas, was mich am besten aus mir selbst entfernen würde, an einen Ort, wo der Schmerz keinen Zutritt hat.
Ich lande liegend auf der kniehohen kleinen Mauer, die den Grünstreifen säumt. Der Begleiter sitzt, bettet meinen Kopf auf seinem Schoß. Ich schließe die Augen, das ist besser, das ist noch schlimmer, jetzt hat der Schmerz totales Spiel. – Da berührt etwas meine Hand, eine warme Hand, angenehm entschieden, putzt mir den Schnee vom Mantel, knöpft ihn zu,

richtet mein Halstuch und hält dann meine Hand, so fest und sicher, als wäre es das Selbstverständlichste der Welt. Ich schaue hoch: in ein gefurchtes Gesicht, breite Backenknochen, helle Augen von dicken Lidern umgeben, und ein freundlicher, nicht aber lächelnder Mund. Worte in der fremden Sprache, ich verstehe sie nicht, aber etwas in mir scheint zu verstehen. Die Wut weicht, die Verzweiflung auch, Anspannung löst sich, etwas wie ein weiches Eingebettet-Sein breitet sich aus. Ich kann loslassen und mich ergeben. Und dies alles nur mit meiner Hand in der Hand einer alten Estin, die einfach stehengeblieben ist, getan hat, was ihr Herz ihr sagte, und nach wenigen Minuten – aber sie schienen mir lang, lang – meine Hand wieder auf meine andere legt, mit einem kaum merkbaren Kopfnicken mir Zuspruch bedeutet, und dann ihres Weges weitergeht, davon.

Harju tänav, geschichtet

Sie juchzen, sie kreischen – beglückt oder erschreckt, weil es sich so leicht gleiten lässt und doch ebenso schnell der Boden unter den Füßen weg sein kann, der Kontakt mit dem Eis hart. Die Schlittschuhbahn an der Harju tänav in Tallinn gilt heute als neue Attraktion der Altstadt. Die Einheimischen kommen mit altgedienten Schlittschuhen, drehen auch schon mal nie enden wollende Pirouetten. Für zufällige Besucher stehen orangefarbene Schlittschuhe in allen Größen bereit; Anfänger greifen zu Helmen und Stützgeräten, die den ersten waghalsigen Schritten Halt geben. Heiter ist die Atmosphäre; Musik, Lichter, Wohlgerüche aus der Imbissbude. Ruhig wirkt die Nikolaikirche in nächster Nähe dieses Getümmels.

Diese Schicht Eis – was verdeckt sie? Was verdeckt die angrenzende Grünfläche, der Park, der sich bis zur Harju tänav zieht? Ein riesiges Trümmerfeld: die ganze südliche Häuserflucht dieser Straße, die in der Nacht des 9./10. März 1944 von sowjetischen Bomben in Schutt und Asche gelegt worden war. Wie der größte Teil der historischen Altstadt. Dieser eine gezielte Bombenangriff auf das noch von den Deutschen besetzte Estland – eine Vorausschau auf das, was zu erwarten war.

Was niemand so erwartet, viele aber befürchtet hatten, waren fast 40 Jahre drakonische sowjetische Besat-

zungszeit. Die Trümmer wurden nivelliert, die Keller-
gewölbe zugeschüttet und mit einer Rasenfläche bedeckt. So entstand eine harmlose Anlage bis hin zur
Nikolaikirche.

Doch noch bevor Estland sich 1991 aus dem Verband
der sowjetischen Republiken lösen konnte, hatte im
Zuge der vehementen baltischen Protestbewegung
ein Aufdecken der Vergangenheit begonnen; hier in
der Harju tänav nahm es konkrete Formen an. Ein
Sektor der Rasendecke wurde abgetragen, die Keller-
gewölbe kamen zum Vorschein, sichtbar wurde eine
klaffende Wunde inmitten der wieder aufgebauten
Altstadt. Ein großes Schild in estnischer und russischer Sprache gab Auskunft. Ein Menetekel, rück-
wärtsgewandt.

Immer wieder führten mich meine Besuche in den 90er
Jahren vor dieses Stück offengelegte Zerstörung: die
abgebildete ehemalige Häuserzeile, diese beeindru-
ckenden Geschäfts- und Wohnhäuser (in einem war
meine russische Großmutter herangewachsen) – deutlicher konnten Vergangenheit, konnte Geschichte sich
nicht manifestieren. Eines Tages sollte ich noch näher
mit diesen zerstörten, jetzt schon überwucherten Kellergewölben in Berührung kommen.

Arm in Arm mit meiner estnischen Freundin war ich
durch die Harju tänav geschlendert, den Lühike Jalg,
den kurzen Treppenaufgang zum Domberg hinaufge-
stiegen. Wir sind ins Gespräch vertieft; meine schwarze

flache Ledertasche halte ich unter den Arm geklemmt. Nach Wochen anstrengender Gespräche mit Mietern, Maklern und Behörden ist dies mein letzter Tag in Tallinn.

Da, ein Ruck an meinem Arm, ganz nah, mich berührend, intim fast, schießt ein Männerkörper vorbei. Unter meinem Arm plötzlich eine leere Stelle, meine Tasche – weg ist sie, in der Hand des jungen Mannes. Halt! schreie ich, Stopp! das darf doch nicht sein, morst mein aufgeschrecktes Hirn, während der Mann langen Schrittes die ein, zwei Stufen hinaufspringt und im Durchgang zur Aussichtsterrasse verschwindet. Ich stolpere hinterher, noch einmal Halt! rufend, aber was ein Schrei sein soll, kommt als gepresster Hilferuf aus meiner Kehle. Verhallt wirkungslos, denn es ist nicht die Landessprache, in der ich rufe.

Ich stürze durch den Durchgang, zwei schwarz gekleidete Wachtmänner, die dort an der Mauer lehnen, setzen sich nun doch langsam in Bewegung, während ich, mich über die Brüstung der Aussichtsterrasse beugend, den rennenden Mann mit meiner, ja, mit meiner Tasche unterm Arm sehe, wie er – zum Greifen nah – die Stufen direkt unter mir im Sprung nimmt und in der Passage zwischen den Häusern verschwindet. Meine estnische Freundin, nun neben mir an der Brüstung, will nicht wahrhaben, was ist, fühlt sich verantwortlich dafür, dass mir, dem Gast, in ihrem Lande so etwas widerfährt.

Nun sind auch wir im Eilschritt die Treppen hinunter und stoßen auf die Nikolaikirche, vor der ein junger

Mann auf den Stufen in der Sonne sitzt. „Have you seen a man with a black bag run by?" werfe ich ihm in sinnloser Hoffnung an den Kopf. „Yes", sagt er seelenruhig, „he ran that way", und weist über die weite Grasfläche in Richtung Harju tänav auf das Trümmergebüsch.

Ich haste hinüber. Der Anblick ist nicht ermutigend. Wuchernde Stauden und Brennnesseln quellen aus den Ruinen der zerstörten Häuser. Wie in dieses Dickicht eindringen? Als meine Füße sich schon auf den gefährlich hohen Mauersimsen über den Kellergewölben vorantasten, höre ich die besorgte Stimme meiner Freundin, die mich dringend zurückbeordert. Wenn wir den Mann in seinem Versteck überraschten, dann ... Die Waffen sitzen locker in den baltischen Staaten wenige Jahre nach ihrer wiedererlangten Unabhängigkeit. Nur widerwillig lasse ich von diesem Vorhaben, bin ich doch überzeugt, dass der Dieb dort unten zwischen den Mauertrümmern hockt, mit meiner Tasche, mit meinem Pass, meinen Kreditkarten, meinem Terminkalender, meinen Adressbüchern, mit dem ganzen persönlichen Inhalt und – last noch least – den eintausend Mark für die Hausverwalterin, die ich gerade in der Bank abgehoben hatte.

Bei der Polizei löst der Taschenraub nur ein müdes Achselzucken aus; wir seien der vierte Fall diesen Vormittag. Meine Aufforderung, doch bitte sofort das Gebüsch durchkämmen zu lassen, wird lächelnd zurückgewiesen: Nicht genug Personal. – Da taucht mein Mann im Polizeiposten auf. Wir verständigen uns schnell. Das Trümmergebüsch an der Harju tänav, sage ich. Dann muss ich fort zur verschobenen Besprechung mit meiner Hausverwalterin.

Als ich verspätet im Restaurant Toomkooli auf dem Domberg zum Abschiedsessen mit unseren estnischen Freunden und Helfern eintreffe, blickt mir die Gesellschaft mit einer – ja, wie denn – einer geradezu freudigen Anspannung entgegen. Mein Mann greift zu seinem Rucksack und holt langsam und genüsslich – meine große schwarze Ledertasche hervor.
Ja, im Trümmergebüsch. Ja, er habe sich hineingewagt. Habe überall hineingespäht, in die verdreckten Gewölbe, unter die Erlenbüsche, ins Brennnesseldickicht. Aber keine Tasche. Schon wollte er es aufgeben, da sah er ein paar helle Papierrechtecke unter einem Busch. Visitenkarten mit ihm bekannten Namen. Er bückt sich, forscht im Dunkel tief unter den Büschen. Da liegt die Tasche. Es ist noch alles drin: Pass, Adressbuch, Terminkalender. Nur das Portemonnaie und die 1000 DM fehlen.

Über ein Jahrzehnt gab es diesen Ort der offengelegten Vergangenheit: die Trümmerstätte, die zugleich als Versteck für Diebesgut diente. Und dann? Die Rasenfläche mitten in der Altstadt wollte genutzt werden. Touristen kamen; bald entstanden improvisierte Imbissbuden, zunächst in gewissem Abstand zur Gedenkstätte. Doch irgendwann wurde aus der Bude eine Bar auf einem soliden Bretterboden, der die Trümmergewölbe überdeckte. Man trank das gute estnische Le Coq-Bier und genoss gedankenverloren die hellen Nächte.

Und jetzt? Weit leuchtet an den kalten estnischen Abenden die Leuchtschrift ICE-RINK. Wenn man den wieder hergestellten Durchgang zur Nikolaikirche nehmen würde, das ehemalige „Nadelöhr", käme man an einem Informationskasten vorbei. Man kann einen Film herunterladen; in estnischer, russischer, englischer, deutscher, finnischer Sprache wird man über die Geschichte der Straße informiert, auch über den Bombenangriff. Doch nichts spricht zu mir. Ich brauche nur kurz die Augen zu schließen und stehe wieder vor den klaffenden zerbombten Kellergewölben des Jahres 1990. Was ich damals – noch war die Besatzungsmacht ja im Lande – als kühnen Akt der Offenlegung verstanden hatte –, etwas in mir will daran festhalten, unbedingt.

Mein Ort

Doch Estland. Doch dieses Land. Diese Weite.
Dieser Himmel, hoch, hell, hehr möchte ich sagen.
Das Licht.
Es ist diese gläserne Helligkeit, durchsichtig
und zugleich scharf konturierend.
Die Findlinge am Strand, grau, wie Vorzeittiere
lagernd, mit angehaltenem Atem
im flachen Sandstrand.
Wo kommen sie her?
Das Rot der Kiefernstämme,
ein Fanal in der Abendsonne,
das Unterwassergrün des Waldes,
und die Felder, ein gelbes welliges Weizenmeer.
In die Moorseen hat sich ein Braun gemischt,
in dem der Himmel violett sich spiegelt.
Und über allem die Wolken, geballte Formationen,
durch die Himmelsräume segelnd
unter eigenem Befehl.
Nein, dem des Windes, der nicht heftig zu sein
braucht, milde lenkt und wispert und diese
Stille erzeugt,
die den Ohren Wohlsein einträufelt,
die Glieder entspannt,
das Herz langsamer schlagen lässt,
doch deutlicher,

alles ist deutlicher
und zugleich weniger wichtig
hier.

II. Begegnung

„… eine naive Hoffnung [wurde sichtbar], dass in den Dingen der Vergangenheit noch etwas steckt, dass sie etwas bereithalten, etwas, wohin wir einmal kommen könnten oder sollten – wichtig war nur, dass man nichts verfälschte, nichts erfand oder das Erfundene, wo es nötig wurde, um das zu Erzählende richtiger werden zu lassen, an keiner Stelle überhandnehmen durfte …"

Lutz Seiler, *Zeitwaage*

Schwimmen lernen

Eva hatte keinen Badeanzug. Die schwarze Turnhose von ihrer Schwester also. Und oben rum? „Was soll ich denn oben anziehen?"

„Oben brauchst du doch noch nichts!", warf die Schwester spöttisch über die Schulter.

„Doch, brauche ich wohl." Es gab keinen Spiegel im Ferienhäuschen. Aber Eva wusste auch ohne Spiegel, dass da etwas passiert war mit ihrer Brust. Die Haut war irgendwie zarter, ein bisschen geschwollen, zwei kleine blasse Tütchen.

„Nimm das Turnhemd", sagte die Mutter.

Eva stieg im Turnhemd und in der schwarzen Turnhose in den See. Sie wollte schwimmen lernen. Diesen Sommer wollte sie schwimmen können. Die Turnhose klebte an den Beinen und das Hemd verrutschte, aber wenn sie tief genug ins Wasser ginge, würde niemand es sehen. Sie ruderte mit den Armen, wie die anderen, sie zog die Beine an, aber schwapp, ging ihr das Wasser über den Kopf. Sie versuchte es wieder. Und wieder.

„Komm, ich zeig es dir", sagte die Schwester, und schon war sie mit drei kräftigen Armzügen im Tiefen. Eva schaute hinterher.

Dann kam Vladi. Er hatte braungebrannte Beine und eine schwarze enge Badehose.

„Tag, Eva!"

„Tag".

Vladi schoss, Kopf voran, flach in den See hinein, kam prustend hoch, griff mit den Armen rechts, links nach vorne, war schon ganz weit draußen. Eva stand da, fing an zu bibbern.

Eva lag auf dem Badehandtuch. Sie hatte die nassen Sachen schnell ausgezogen, erst – den Oberkörper abgewandt – das Turnhemd, dann die Bluse über-gestreift, die reichte bis übern Po, der blieb ein biss-chen nass, musste aber schnell in die Unterhose und die Shorts. Ganz geschickt konnte sie das, niemand kriegte was zu sehen. Jetzt lag sie in den flaschengrü-nen Shorts und der kurzärmeligen weißen Bluse auf dem Rücken. Vladi stieg aus dem Wasser. Sie blinzelte gegen die Sonne, sah von unten an Vladi hoch. Der kleine Bollen vorne in der engen Badehose, so gegen den Himmel gesehen – sie schloss lieber die Augen.

Eva holte morgens Wasser an der Pumpe. Im Ferien-häuschen gab es kein fließendes Wasser. Sie pumpte, es quietschte, sie hatte nicht gehört, dass jemand kam.
„Tag, Eva!"
Vladi.
„Tag", sie pustete schnell eine Strähne aus der Stirn.
„Kann ich dir helfen?"
„Nein, danke, es geht schon." Der Eimer war fast voll. Als sie ihn anheben wollte, griff er zu. Seine Finger berührten ihre. Schnell nahm sie die Hand vom Griff. Er trug ihr den Eimer bis vor die Tür, stellte ihn ab,

richtete sich auf, sah sie an. Sie wurde rot bis in die Haarspitzen, „Danke!", und stolperte, als sie den Eimer über die Schwelle trug.

Eva lag im Gras. In der großen Wiese. Grashalme rechts und links, hinter ihr und vor ihr. So viele Grashalme vor dem blauen Himmel, lange, kurze, dicke, und Schafgarbe und Klee. Und ein Käfer, der krabbelte, dann eine Ameise, noch eine, auf dem Arm. Sie spürte ihren Rücken, breit auf dem Boden, und den Kopf, ganz flach. Sie lag wie getragen. Alles so leicht. Nur das Gras, der Himmel, und die Sonne warm auf ihren Armen, Beinen, dem Gesicht. Sie hatte längst die Augen geschlossen. Sie würde sich gleich auflösen, einfach auflösen.

Eva ging über den Wall zum Einkaufen. Die Kastanien, schon groß und grün. Sie ging langsam im Kastanienschatten. Im Laden arbeitete sie die kleine Liste ab: Knorr Haferflocken, Kartoffeln. Zwiebeln, Margarine. Es passte alles in den Korb. Als sie vor der Kasse stand, bemerkte sie Vladi. Ob er sie schon die ganze Zeit beobachtete? Erst zu Hause, beim Wegräumen der Einkäufe, sah sie das Zettelchen im Korb. Heute um acht unter der letzten Kastanie. Fragezeichen. Vladi.
Sie erschrak und faltete den Zettel schnell wieder zusammen.

Eva stand im Zimmer, das sie mit ihrer Schwester teilte. Die Shorts – nein. Ein Rock wäre schön. Aber doch nicht der geblümte, der war so kindisch. Der dunkelblaue Glockenrock der Schwester? Sie hielt ihn sich vor die Taille, spiegelte sich in der Fensterscheibe. Schön. Er passte genau. Den Rock einfach anziehen, ohne zu fragen? Das hatte sie noch nie gemacht. Aber auf die Schwester warten – unmöglich. Also dann eben so. Ihr Herz klopfte. Die Schwester würde wütend sein. Sei's drum.

Eva zählte sich an den Kastanien entlang. Bei der vorletzten blieb sie stehen, trat dahinter. Erst gucken, ob er wirklich kommt. Ihr wurde heiß. Bloß keine Schweißflecken jetzt. Schon fünf Minuten nach acht. Er kommt gar nicht, er hat sie nur zum Narren gehalten. – Da, seine langen, schlaksigen Beine, die große Schritte machten. Er blieb an der Kastanie stehen, fuhr sich mit der Hand durch das struppige Haar, schaute den Weg hinauf und hinunter. Mit einem Schritt kam sie hervor. *„Hier* bin ich."

Schwarz

Es schimmert ihr entgegen, als sie vorsichtig die letzte Schicht Seidenpapier in dem Karton zurückschlägt. Schwarz und seidig. Sie zögert. Er sitzt angespannt auf der Sesselkante im Wohnzimmer ihrer Eltern. Sein Weihnachtsgeschenk. Sie fasst hinein, hebt ganz vorsichtig das Schwarze, Seidige empor. Ein Kleid! Mein Gott, er schenkt ihr ein Kleid! Kann sie das denn annehmen? „Keine großen Geschenke von einem Mann annehmen" – eine der Richtlinien, mit denen ihre Mutter sie für das Leben auszurüsten versucht hat.

„Gefällt es dir?" Sie sieht das erwartungsvolle Flackern in seinen Augen. „Ja – aber ob es mir überhaupt passt?" Das schmale, schwarze Etui, um die Taille kunstvoll zur Seite gerafft, enge lange Ärmel, ein Bootausschnitt. „Ich habe eine Verkäuferin gesucht, die ungefähr deine Figur hat, und sie gebeten, es anzuziehen." Er strahlt vor Stolz. Jetzt hilft nichts, sie muss es anprobieren.

Sie geht in ihr Zimmer. Wunderbar fühlt sich das Kleid an, als sie es über den Kopf zieht, weich und seidig an den Armen, bis knapp übers Knie reichend. Der Reißverschluss gleitet mühelos hinauf –, es passt! Sie sieht sich im Spiegel über ihrem Toilettentisch. Die helle Haut in dem schwarzen Ausschnitt, der fast bis zu den Schultern reicht. Das soll sie sein? Schwarz hat sie noch nie getragen. Schwarz ist etwas für Damen, sie ist doch erst achtzehn. Und solch ein Geschenk von einem Mann, von diesem Mann, den sie doch noch gar nicht lange kennt.

Als sie, etwas unbeholfen in dieser Kostümierung, in das Wohnzimmer tritt, springt er auf. „Wundervoll! Ich wusste doch, dass es dir stehen wird." Er kommt auf sie zu, breitet die Arme aus. „Warte, ich muss erst ..." Sie weicht zurück. Wohin soll sie ausweichen? Jetzt steckt sie drin, im Kleid.

Time's winged chariot ...

Er erhob sich hinter seinem Schreibtisch, und ich war überrascht, wie groß er war, wie schlank – und wie jung. Professor E. J. H. Greene, Ordinarius an der University of Alberta, hatte ich mir anders vorgestellt. Er reichte mir die Hand, „Miss Sporleder?", wies auf den Stuhl, neben dem ich noch stand, und setzte sich wieder.

Welche Fächer ich denn studieren wolle? Französisch, Russisch – ach, Political Science? Economy? Seine dichten dunklen Augenbrauen rutschten etwas nach oben, die leichte Schiefhaltung des Kopfes wurde deutlicher. Warum diese Fächer? „Ich strebe den Diplomatischen Dienst an", erklärte ich und glättete den Rock meines schwarzen Wollkostüms über meinen Knien.

Professor Greene schob mit dem Mittelfinger seine Hornbrille höher, und ich sah erst jetzt durch die dicken Gläser die wachen, blaugrauen Augen. Er sagte nichts, räusperte sich dann und fuhr scheinbar unbeirrt fort, mit mir meinen Stundenplan auszuarbeiten. Wie viele Credits? Englische Literatur jedenfalls, das ist Pflichtfach im ersten Studienjahr. Seine tiefe Stimme, das leichte Zögern beim Sprechen passten so wenig zu dem jungenhaften Äußeren dieses Professors. Als ich ging, war ich verunsichert. Die University of Alberta: eine fremde Welt! Ich begegnete Studenten in Rollkragenpullovern und

„slacks" und kam mir plötzlich lächerlich vor mit dem schwarzen Hütchen mit Schleier und dem türkisfarbenen Halstuch zum schwarzen Kostüm, mit dem ich mich für den ersten Kontakt mit dieser Institution ausstaffiert hatte.

Drei Jahre später. Ich hatte bei Professor Greene Seminare über Voltaire und Rousseau besucht und gelernt, aus den leicht ironischen Nebenbemerkungen seine Bewunderung für Voltaire, seine Skepsis gegenüber Rousseau herauszuhören. Ich hatte die Semesterabschlussexamina alle mit Honours oder A-Noten bestanden, die in der Politikwissenschaft aber nur mittelmäßig. Wollte ich überhaupt noch Diplomatin werden? Ich wollte mit Literatur zu tun haben. Ich wollte Literatur unterrichten, an der Universität. Ich saß wieder vor Professor Greenes Schreibtisch und sagte ihm das. Er erhob sich, er schnellte geradezu auf, streckte mir freudig die Hand entgegen, schüttelte meine und sagte. „Welcome in the ranks of Academia."

Ed – so sollte ich ihn jetzt nennen – verhalf mir nach meinem vierjährigen Bachelor-Studium zu einem Stipendium an der Sorbonne in Paris, holte mich zurück als Französisch-Dozentin an die University of Alberta und unterstützte erfolgreich meine Bewerbung um ein dreijähriges Promotionsstipendium in Deutschland und Frankreich. In dieser Zeit wechselten wir einmal im Jahr einen freundschaftlichen Brief („annual report" nannte ich meinen Bericht); in einem seiner Briefe zitierte er John Donne „But at my back I always hear / time's winged chariot drawing near". Dieser Vers wurde für mich so etwas wie die Ed-Greene-Erkennungsmelodie.

Schließlich lud er, nachdem ich geheiratet hatte, meinen Mann und mich als Dozenten an die University of Alberta ein. Doch da war ich schon zu sehr wieder Europäerin geworden.

Als ich ihn das letzte Mal auf der Durchreise in Edmonton sah, waren dreißig Jahre seit meiner Studentenzeit vergangen. Er war emeritiert, wollte sich aber in der Universität mit mir treffen. Er habe da noch ein Büro, mit zwei anderen Kollegen, fügte er zögernd hinzu.

Drei alte Holzschreibtische unterschiedlicher Farbe und Form standen in einem abgelegenen Raum; es gab keine Stühle. Ich setzte mich auf einen Tisch, er sich mir gegenüber auf einen anderen und wir erzählten uns unsere Leben. Sein Haar war deutlich schütterer, die Gestalt in dem ewigen graumelierten Jackett etwas gebeugt, die Sprechweise unverändert: leicht zögernd, nachdenklich, von dem wohlbekannten Räuspern durchsetzt. Dann führte er mich stolz durch die Büros der verschiedenen Departments: Romanische Sprachen, Germanistik, Slawistik; zu meiner Zeit hatte es nur den einen Komplex „Modern

Languages" gegeben. Als wir uns auf dem Campus-Gelände trennten, gab ich – zögernd zwar, aber dann doch, schließlich war ich jetzt 50 Jahre alt – einem Impuls nach. „May I embrace you?" Falls er überrascht war, verbarg er es gut, und einen Augenblick lang umfingen meine Arme die schmale, tweedgewandete Gestalt. Ich glaube, dass ich „thank you" sagte.

Jetzt weiß ich es wieder

Wie ich ihn kennengelernt habe, weiß ich nicht mehr.
Aber ich weiß noch die Metrostation, an der ich immer ausstieg. Rue Mouffetard. Abends, dunkel, regnerisch in Paris. Ich war aus meiner chambre de bonne im 6. Stock der Rue des Saints Pères gekommen, war in den Bauch der Stadt hinabgestiegen. Jetzt tauchte ich wieder auf.

Er machte mir die Tür auf. Ein kleines Aufleuchten. Das schmale Gesicht, fast eingefallen die Wangen, die Haut dieses Alabasterblass, das Rothaarige auszeichnet. Kein Bart. Oder doch? Das rote Haar kurz und kräftig gelockt. Meine Finger verfingen sich gerne darin, ich kräuselte seine Locken um meinen Zeigefinger, wenn er unter mir lag, erschöpft, beglückt. Und ich mich schon ein wenig zu langweilen begann.

„Mit Dir ist es besser als mit irgendeiner anderen", hatte er gesagt. Doch wohl nicht auf Deutsch? Welche Sprache sprachen wir? „Avec toi c'est le plus beau." „With you it is better than with anyone else." Englisch, wahrscheinlich, das hatte mich hingezogen zu diesem schlaksigen Kerl im hellblauen Hemd, der mich angesprochen hatte. Also muss ich ihm doch in einer Bar begegnet sein. Aber ich ging doch nicht in Bars, damals, mit meinem schmalen Stipendium. Ich weiß es einfach nicht.

Art hieß er, Art Peers, und kam aus Kanada. Wie ich. Das schuf eine Nähe, wie eine geheime Verwandtschaft. Er war Physiker und arbeitete im Institut an der Sorbonne, in dem holzgetäfelten Raum, in dem Marie Curie ihre Experimente gemacht hatte. Stolz lud er mich einmal dorthin ein. Seine Experimente? Keine Ahnung.

Gelegentlich gingen wir tanzen. Er half mir bei der Wahl meines ersten Plattenspielers, eines tragbaren. Ich machte eine Reise nach Rom mit ihm, Silvester. Wir froren erbärmlich im ungeheizten römischen Hotelzimmer. Das war schon der Anfang vom Ende. Verraten habe ich ihn an dem Tag, als mein neuer Freund mit mir aus dem großen Torbogen in der Rue des Saints Pères auf die Straße trat und ich Art links an den Pfeiler gelehnt stehen sah. Er schaute in die andere Richtung. Und ich schlüpfte mit dem anderen davon.

Was nicht bedeutet, dass ich ihn nie wiedergesehen habe. Das letzte Treffen, mehr als ein Jahrzehnt später, als ich aus ehelichen Unbilden nach Paris floh. Mit ihm verbrachte ich den Nachmittag, bevor mein Zug zurück fuhr, durch den Jardin du Luxembourg spazierend. Als ich schließlich meine Misere gestand, jaulte er auf: „We could have taken a room". Einen Schnurrbart trug er auch jetzt nicht. Aber einen Bart, einen weichen, gelockten Bart, der sein Kinn umgab, wie früher schon, jetzt weiß ich es wieder.

Unwahrscheinliches Blau

Was hatte sie in diesem gottverlassenen Ort zu suchen? Sie lehnte den Kopf an die Scheibe. Kühl, das wenigstens. Vor ihren Augen eine Landschaft von Kuben, Röhren, Türmen, keine Fenster, nichts, was auf Menschen schließen ließe. Wo war sie überhaupt? Sie war aufgewacht, diese Stille, bis sie das leise Atmen gehört hatte, ihr gedämmert hatte, wie sie hierher geraten war, gestern Abend. Ein, zwei Schritte hatte sie zum Fenster getan. Trostlos, was sie sah.

Und doch, darüber dieses samtige Blau, kornblumenblau, möchte sie denken, aber dazu bräuchte es gelbe Kornfelder, Sonne, Licht, einen weiten Himmel. Dieses Blau senkt sich wie ein Vorhang vor etwas, von dem sie nicht weiß, was es ist. Und dann dieses Atmen hinter ihr. Dieser Mensch, den sie überhaupt nicht kennt, ein Mann, der angehalten hatte, in seinem Auto, als sie den Arm ausgestreckt hielt, mitgenommen werden wollte auf ihrer Reise. Dankbar war sie eingestiegen, zuversichtlich auch. Hatte sich in den Sitz fallen lassen, der Rücken schmerzte schon, und ihr Reiseziel genannt. Die Richtung stimmte auch für ihn. Doch so weit würden sie es heute nicht mehr schaffen. Das war ihr einerlei, sie war weggeschlummert beim gleichmäßigen Brummen des Motors. Bis das irgendwann aufhörte, sie wach wurde, der Fahrer ihr bekundete, er müsse übernachten, weiter komme er heute nicht.

Also gut. Sie saßen in einem Auto vor einem x-beliebigen Hotel in einem x-beliebigen Ort. Sie hatte eigentlich keine Wahl. Auch keine bemerkenswerten Widerstände. Also gut. Ob sie ein Zimmer zu zweit mit ihm nehmen würde? Er war wohl schwach bei Kasse. Sie auch. Ein Zimmer mit twin-beds, das hatte sie noch erwünscht. Es war alles ganz unkompliziert. Sie lebte in ihrer eigenen Hülle. Das hatte der Mann gleich begriffen. Ihr Fünf-Monats-Bauch war Botschaft genug. So waren sie eingeschlafen, beide müde, beide erschöpft, zwei Wesen, jedes von einem anderen Stern.

Und dann ist sie aufgewacht. Steht jetzt hier am Fenster. Angesichts einer Landschaft, in der sie nichts wiederfindet. Außer diesem unwahrscheinlichen Blau. Das sie nicht erkennt, und doch in ihm sich erkannt fühlt. So wie sie ist: eine junge Frau, unterwegs zu einem Ort, der ihr teuer war, an dem sie nicht mehr lebt, und zu dem sie sich auf den Weg gemacht hat, weil sie glaubte, wäre sie erst einmal Mutter, dann würde ihr Leben es ihr nie mehr erlauben, diesen Ort aufzusuchen. Dann wäre sie auf immer eine andere. Nicht mehr sie.

Les Amants

Da hatte sich das German Department der McGill University auf etwas richtig Deutsches besonnen: Kostümfest zum Fasching. Draußen klirrende kanadische Kälte. Drinnen schoben sich in den engen Räumlichkeiten Studenten und Dozenten in ungewohntem Habit aneinander vorbei, die Cola mit Rum in der Hand, die wird das Eis schon schmelzen lassen.

Sie war, wie immer, unsicher wegen des Kostüms gewesen, hatte sich schließlich für den braunsamtenen Hosenanzug entschieden mit der großen, türkisfarben gefütterten Kapuze. Der stand für ihre eine Hälfte: Studiosa. Da fehlte noch die andere: Mutter. Sie packte zwei kleine Püppchen in die Kapuze und band sich eine Raggedy-Ann-Puppe in Taillenhöhe auf den Rücken. So, als sie selbst verkleidet, fühlte sie sich angenehm verwandelt.

Tanzen, endlich mal wieder. Die Rolling Stones gefielen ihr mittlerweile besser als die Beatles. Es gab aber noch andere: Bob Dylan oder Creedence Clearwater mit *Heard it through the grapevine*. Udo hatte sie aufgefordert, der junge Student, der mit seiner Freundin Ira aus Deutschland gekommen war, um in Montreal zu studieren. Udo legte den Arm um ihre Taille, schob Raggedy-Ann beiseite und zog sie an sich. Sie tanzten. „Through the grapevine" tanzten sie. Und der Boden begann zu schwanken. Sie musste sich festhalten. Als sie die Augen wieder aufmachte, trafen sie seinen wasserhellen Blick.

Konnte er ahnen, was in ihr vorgegangen war? Welches Schmelzen sich gerade Bahn brach? Hilflos senkte sie die Lider und stotterte, "aber ich bin so alt". Wie endlos lange hatte sie nicht mehr so getanzt, selbstvergessen, mit leerem Kopf und flatterndem Herzen. Udos Hand war Raggedy-Ann immer noch im Wege; als er das Problem gelöst hatte, erklärte er mit warmer, entschiedener Stimme: „Jemand, der mit geschlossenen Augen tanzt, ist nicht alt." Sie glaubte es sofort, klappte die Lider herunter und folgte nur noch dem beat, bewegte sich ohne jede Absicht und wusste, dass ihr nichts passieren könne, solange die Musik lief.

Doch auch „Through the grapevine" hört einmal auf. Sie blieb stehen und machte die Augen auf. Udo sah über sie hinweg, und sie wusste sofort, was er sah. Sie wandte den Kopf, ihr Blick folgte seinem durch die Flügeltür, die Treppe hinauf, und dort, auf der obersten Stufe, saß Ira, starr vor sich hin schauend. Udos Hände lösten sich von Raggedy-Ann. "Entschuldige einen Augenblick", sagte er und war schon auf der Treppe, beugte sich über Ira, die unverwandt weiterstarrte.

Als ihr Mann sie zum Tanzen holte, schöpfte sie tief Luft. Und warf sich in den jive, den sie doch so gerne mochte: Den Schwung der Drehungen, den Widerstand im Ellbogen, sich weit genug hinauslehnen, aber nicht wegdriften – alles wie tausendmal. Die Gliederpuppe, die auch heute wunderbar funktionierte – war das denn sie?

Am nächsten Vormittag saß sie am Schreibtisch in ihrem Arbeitszimmer und versuchte, die drei Stunden Zeit zu nutzen, solange die Kinder in der Schule und im Kindergarten waren. Sie wollte arbeiten, das Lernpensum bis zur Master-Prüfung musste eingehalten werden. Noch bis Ende dieser Woche konnte sie sich Zeit lassen für Goethes *Wahlverwandtschaften*. Sie war überrascht, wie mühelos sie den seelischen Mäanderbewegungen der Gestalten zu folgen bereit war. Mit zwanzig hatte sie Goethe angestaubt gefunden, mit vierzig verschlang sie ihn. Wie ein Resonanzboden begann der Fundus eigener Lebenserfahrung mitzuschwingen.

Aber nicht heute Morgen. Sie konnte die Aufmerksamkeit nicht auf die bedruckten Seiten zwingen. Sie wollte nur immerfort die Augen schießen, um wieder in das Gestern einzutauchen: in diesen warmen Strom, der sie getragen, dem sie sich anvertraut hatte. Erfahrung eines anderen Zustands. Jetzt konnte sie sich den Empfindungen überlassen, willentlich, denen sie sich gestern ausgeliefert gefühlt hatte. Hingabe, Hinschmelzen, sich aus allen Zusammenhängen von Raum und Zeit lösen. Ihr schwirrte der Kopf. Konnte, durfte sie so etwas überhaupt denken? Könnte es denn ein anderes Leben geben, nicht hier, nicht so? Ein wirkliches Leben, ihr eigenes Leben, endlich – vielleicht?
Jeanne Moreau. Plötzlich sah sie sie vor sich, auf der schwarz-weißen Leinwand in ihrem hellen langen

Nachtgewand durch den Garten gleitend, Mondschein natürlich. Neben ihr der junge Zufallsgast, den ihr Mann auf das Schloss mitgebracht hatte und den sie in dieser Nacht in den glattgebügelten Laken lieben würde. Am nächsten Morgen würde sie in seine Deux-Chevaux steigen und mit ihm davonfahren, Haus, Mann und Kind hinter sich lassend. Bis zum Stopp in einem Bistro würde ihnen die Kamera folgen. Da hatte sie im Kino den Atem angehalten. Wie würde es weitergehen? Jetzt hielt sie den Atem nicht mehr an. Sie wusste, länger als bis zu diesem ersten Stopp der Fliehenden würde die Kamera nicht mitmachen. Unerbittlich hatte sie auf die Gesichter gehalten, sie eingefroren, aschfahl in der aufziehenden Morgendämmerung. Dann der Abspann. *Les Amants* hatte der Film geheißen.

Muraiki

Sie schreckt auf durch seine abrupte Bewegung,
flüstert:
- Was ist?
- Ich weiß nicht.
- War da was?
- Da war was an meinem Arm.
- Ein Tier?
- Hm. Eine Ratte vielleicht.
- Oh Gott!
Jetzt ist sie hellwach, setzt sich auf, lauscht. Der gleich-
mäßige Wellenschlag, anbrandend gegen den Strand,
das leise Sirren der Kiesel, wenn die Welle sich zu-
rückzieht. Schlafrhythmus, Wachrhythmus, seit Tagen
nun schon, seit sie und ihr Mann in dieser Schilfhütte
wohnen, die keine vierte Wand hat: Statt der Wand
zehn Meter vor ihnen das Meer.
Natürlich könnte eine Ratte herein. Sie legt sich zurück und bestaunt seine Ruhe. Sein Atem geht gleich-
mäßig wie der Wellenschlag. Sie liegt wach, versucht,
sich vorsichtig, leise umzudrehen. Die Doppelprit-
sche ist hart und eng in dieser Strandhütte, die Spilios ihnen zur Verfügung gestellt hat. Sie findet eine
bequemere Lage, lauscht dem Wellenschlag, ein
sanftes, fast schmatzendes Geräusch, lauscht und
hört – wie denn nur? – plötzlich den Klang dieses
Wortes, Muraiki.

Damals – wie viele Jahre ist das her? – dieses Wort. Spilios' Lippen an ihrem Ohr, Muraiki. Zärtlich und wohltönend, als beruhigte man ein Kind. Halbwach war sie gewesen, hatte gerade die Augen kurz aufgeschlagen und bestürzt wieder geschlossen. Etwas in ihr wollte nicht sehen, was sie sah: Die braun lackierten vierkantigen Beine eines Tisches knapp vor ihren Augen. Und dann dieses wundersame Wort in ihrem Ohr. Sie spürte den kräftigen, leicht verschwitzten Männerkörper neben sich und wusste plötzlich wieder, dass sie hier auf dem Boden lag, auf einem nachts schnell zusammengeschobenen Matratzenlager, das der Grieche mit einem Betttuch bedeckt hatte. Unwirklich und peinlich das alles. Auch wie sie hierher geraten war; mitgeschleppt von ihrer griechischen Freundin und deren Freunden – alles Griechen, die hier in Paris studierten –, um gemeinsam etwas anzuhören, was Spilios als wunderbare Entdeckung mit ihnen teilen wollte: Albinonis *Adagio*! Hingerissen hatten sie und die anderen den samt-melancholischen Klängen aus Spilios' klapprigen Grammophon gelauscht. – Und nun lag sie auf diesem behelfsmäßigen Lager. Muraiki hat es in ihr Ohr geflüstert. Ihre Finger bewegten sich tastend, fast gegen ihren Willen, nach dem schwarz behaarten Brustkorb neben ihr.

Halb willig war sie damals in diese Studentenliebe geraten, ein bisschen aus Einsamkeit, ein bisschen aus dem Wunsch nach Beachtung und mehr, als sie sich eingestehen wollte, aus purer Lust an der gekräuselten

Behaarung und der kraftvollen Wärme des männlichen Körpers. Dieser mediterrane Mann liebte sie vehement; genauso vehement, wie er sich für Albinoni begeisterte, wie er Brechts Gedichte zitierte, wie er sich ereiferte gegen das, was er den Schmach Griechenlands nannte: den Verrat der Alliierten, der Kapitalisten, die den Bürgerkrieg verursacht hatten. Also war er Kommunist. Sie verstand seine Empörung, obwohl sie die Kommunisten noch nie verstanden hatte, nein, sie eigentlich ablehnte, nach dem, was gerade in Ungarn passiert war. Aber Spilios glühte vor Hoffnung. Er bewarb sich an die London School of Economics, er schrieb an seiner Doktorarbeit, er würde in die Politik gehen, oder Professor werden, oder beides. Er schickte ihr Velasquez' Venus aus der Tate Gallery in London: c'est toi! Seine rückhaltlosen Briefe gefielen ihr, zunächst. Aber wie sollte sie darauf antworten? Das war zu viel gewesen. Eine Karte, ein Gruß zu Weihnachten, dann nur noch kleine Lebenszeichen.

Am Vortag hat Spilios sie durch seine Landschaft geführt. Sie machen Rast. Sie sitzt mit ihrem Mann auf der Böschung, vor ihnen steht Spilios, braungebrannt, in kurzer heller Hose, eine gerade gepflückte Weintraube in der erhobenen Hand. Hinter ihm fällt der Hang sanft ab zum Golf von Korinth. Das Meer liegt graublau, ruhig. Spilios reicht ihnen eine Handvoll Trauben, dann führt er, vor dem Peleponnes-Panorama stehend, Traube um Traube zum Mund, während seine Lippen kernige Sätze zum Thema Griechenland, Bürgerkrieg, Befreiungskampf und Demokratie formen. Mit dem Brustton der Überzeugung, ein Demosthenes. Ihr Mann versucht, seine Kenntnisse als Historiker einzubringen, abzuwägen. Spilios wehrt vehement ab, „you are a fascist". Hat er überhaupt zugehört? Er kostet nach, wenn die Traube im Mund zerplatzt; sein Gesicht glänzt vor Genuss und Überzeugung. Eine Hand über den Augen lässt er seinen Blick lange schweifen: sein Griechenland.

Jetzt liegt sie mit ihrem Mann in Spilios' Schilfhütte und ist erschrocken aus dem Schlaf hochgefahren.
- Was ist?
- Ich weiß nicht.
- War da was?

So einfach war es gewesen

„Das hätte schiefgehen können", sagte er. Jetzt erst nahm sie den nicht sehr großen Mann wahr, der wie sie an der Reling am Bug des Schiffes lehnte. Auch sie hatte kurz den Atem angehalten, als das kleine Motorboot rechts aus dem Nebel auftauchte, knapp unter dem Bug ihres Fährschiffes vorbeischoss, und gleich wieder links im Nebel verschwunden war.

Sie wandten sich einander zu. Sie sah braune Augen in einem gegerbten Gesicht, das struppige Haar schon angegraut.

„Shall weg go in for a coffee?" hatte er ungezwungen gefragt.

„Yes, why not."

So selbstverständlich hatte es angefangen. Er hatte seinen Vornamen genannt, Paul, sie ihren, nie mehr als das.

Jetzt sitzt sie auf dem sandigen Boden vor dem Youth Hostel in Whitehorse und lehnt den Rücken mit dem hochgetürmten Rucksack gegen die Wand. Sie spürt nur Leere, eine kindskopfgroße Leere in ihrer Brust. Er ist weg, sie hat ihn gehen lassen. Er hat sie gehen lassen. So hatten sie es beide ausgemacht. So wie sie zusammengeschwemmt worden waren, wieder auseinander gleiten. Ohne ein Danach.

Sie waren zusammen gewesen. Sehr schnell. Sehr stark. Noch am ersten Abend auf der Prince Rupert hatte sie sich nicht von ihm trennen wollen. Seine blaue Jeansjacke, das karierte Flanellhemd – ihre Hand glitt darunter, konnte nicht lassen von der warmen Haut. Sich an ihn lehnen, das gab Halt, auch wenn er gar nicht groß war. Sofort „ja" sagen, als er fragte, ob sie mit ihm bis Whitehorse mitfahren wolle. Das waren drei Tagereisen, das wusste sie, und er auch.

„Ich habe einen VW Bus", hatte er gesagt, „es gibt eine Koje und ein großes Bett."

„Wunderbar", sagte sie.

So einfach war es gewesen. Auch, als er den halben Tag, nachdem sie in Prince George von Bord gegangen waren, damit verbrachte, eine neue Lichtmaschine einzubauen. Sie sah nur seine braunen Beine unter der Karosserie hervorragen und spürte ein fast schmerzhaftes Verlangen.

Sie fuhren durch die Wildnis von British Columbia. Ergriffenes Staunen vor dem Anblick eisgrüner Wasserfälle, die von den Steilwänden der Rocky Mountains stürzten. Schotterstraßen, auf denen sie einen weißgrauen Staubstreifen hinter sich herzogen. Picknick-Einkauf in einer Bretterbude. Er mochte Corned Beef, was sie hasste. Der Kampf mit den Mücken, jeder für sich, das Rauchen eines joint, gemeinsam. Sie lernte, was „Gras" auch bedeuten kann. Sie sah seine Augen weit und weich werden, als er ihr entgegensah nach dem Bad in dem umwaldeten Tümpel. Er schnarchte, und sie gewöhnte sich daran. Sie konnte seinen Bus nicht fahren, und er verzieh es ihr.

„Ich habe einen Helikopter-Piloten gebeten, mich an einem bestimmten Punkt in der Wildnis abzusetzen."
„An welchem Punkt?"
Das wollte er nicht sagen. Sie hatte von Anfang an gewusst, dass er ein ganz eigenes Ziel hatte. Und ihres? In Dawson City eine alte Liebe besuchen.
Keiner von ihnen hatte auch nur einen Augenblick erwogen, vom vorgefassten Plan zu lassen.
Heute Morgen – keine letzte Umarmung, einfach die Hand erhoben zum Gruß.

Jetzt spürt sie den sandigen Boden vor dem Youth Hostel in Whitehorse unter ihren Schenkeln und längs den ausgestreckten Beinen. Das wird Halt genug sein müssen.
Sie könnte heulen.

Die Nachbarin

Warum ist er mitten in der Nacht aufgewacht? Weil der Motor aufgehört hat zu brummen? Ein Augenblick Stille, ehe die Autotür knackt, dann leise ins Schloss gelassen wird. So macht er es immer, der Nachbar. Paul Brudeck blinzelt nach dem Wecker, fünf nach vier leuchten die Zeiger. Brudeck ist irritiert, an diesem Dienstag hat Senft es wirklich überzogen, denkt er, schiebt das Deckbett beiseite, vorsichtig, um es seiner Frau nicht wegzuziehen, und geht pinkeln. Als er die Pantoffeln von den Füßen streift, um sich wieder hinzulegen, schickt er doch einen schnellen Blick zum Giebelfenster des Nachbarhauses. Alles dunkel, also wird der Herr Senft es wohl unbemerkt ins Bett schaffen. Brudeck schläft erst ein, als es hell zu werden beginnt.

Brudeck schaut prüfend in den Spiegel, wischt mit dem Zeigefinger den Rest Zahnpaste aus dem Mundwinkel und glättet mit dem Kamm rechts und links die Haare. Hastig trinkt er im Stehen den Kaffee, den seine Frau schon eingeschenkt hat, damit er nicht mehr so heiß ist, und schiebt sich das halbe Brötchen zwischen die Zähne.

„Dass du nie rechtzeitig aufstehen kannst!" Seine Frau schaut aus ihren großen braunen Augen zu ihm herauf, enttäuscht, will ihm scheinen. Nett sitzt sie da, der weiße Kragen rahmt ihren Hals und passt akkurat in den

V-Ausschnitt ihres beigefarbenen Pullovers. Nett und erwartungsvoll, als hätte sie gerne mit ihm zusammen gefrühstückt. Er ja auch! Aber wenn Senft ihn nachts nicht schlafen lässt!

„Hast Du gut geschlafen, Schatz?"

„Wunderbar", strahlt sie ihm entgegen. „Und du?"

„Na ja, so so. Ich muss eben immer raus, das ist neu."

„Hab ich gar nicht gemerkt."

„Bin ja auch leise. – Also, bis später."

Wie immer. Er haucht ihr einen Kuss auf den sauber gezogenen Scheitel. Aber dass dieses Zeug so riechen muss, mit dem sie ihr Haar in Form bringt! Da ist ihm der Zigarettengeruch im Auto lieber.

Als der Golf um zehn nach zwölf wieder vor dem Haus zum Stehen kommt, ist sicher der Tisch gedeckt und Elvira bereit, die geschlagenen Eier in die erhitzte Pfanne zu gießen. Brudeck weiß ja, Ihr gerühmtes Omelett schmeckt nur direkt von der Pfanne. Seine schnellen Schritte verlangsamen sich, im Garten sieht er die Nachbarin. Frau Senft scheint es zu genießen, in der strahlenden Mittagssonne Stück für Stück die Wäsche aus der Wanne zu nehmen, auszuschlagen und an der Leine zu befestigen. Sie bewegt sich leicht und geschickt, was gar nicht selbstverständlich ist bei einer so groß gewachsenen Frau, ganz ungewöhnlich groß, denkt Paul Brudeck. Aber wie gut sie dabei aussieht, schlank und aufgerichtet, gut proportioniert. So viel Bewunderung hilft ihm, das leichte Unbehagen zu überspielen, das ihn beschleicht, wenn er zu einer

Frau emporschauen muss. Sie richtet ihre hellen grauen Augen freundlich auf ihn, aber nur kurz, in ihrer Arbeit lässt sie sich nicht unterbrechen.

„Wirklich wunderbar, die Sonne heute." Etwas Gescheiteres fällt ihm nicht ein.

„Ja, endlich wieder Sonne."

Sie klammert zwei ungleiche Socken an die Leine, greift dann nach etwas, das wohl ein Büstenhalter sein muss, dunkelblau allerdings, und befestigt ihn unbekümmert neben den Socken.

„Ich liebe den Duft der Wäsche, wenn sie in der Sonne getrocknet ist." Tekke Senft scheint mehr zu sich zu sprechen als zu ihm.

„Ja. Wir haben einen Wäschetrockner, da ist das ..."

Paul! hört er seine Frau, soll ich das Omelett schon in die Pfanne geben?

„Entschuldigen Sie, ich sollte jetzt ..." Er wendet sich ab. „Also dann ..."

„Bis dann, Herr Brudeck."

Sie hat ihn angeredet.

Brudeck sitzt abends auf der Terrasse und bläst Rauchringe in die Luft. Aber die wollen nicht so richtig. Drüben tritt Senft auf seinen Balkon. Brudeck verschanzt sich hinter der Zeitung; wenigstens nicht voll sichtbar will er sein. Ärgerlich klein, dieser Abstand zwischen den Balkons und Terrassen der akkurat ausgerichteten zweistöckigen Siedlungshäuser. Wenn Senfts laut auf ihrem Balkon sprechen, gar nicht mal übermäßig laut, kann er sie verstehen, oder zumindest, worum es geht. Nicht, dass er lauschen würde. Aber wenn Tekke Senft dann diese Stimme bekommt, diese Mischung aus Wut und Klage, dann möchte er am liebsten nicht da sein – und bleibt doch sitzen. Hört den Wechsel zwischen der irritierten Frauenstimme und der bedächtigen Stimme des Mannes, die manchmal etwas monoton Insistierendes hat. Als hätte er alles schon zig Mal gesagt. Dagegen kommt die Frauenstimme nicht an; ein Aufschluchzen, manchmal richtig heftiges Weinen. Das schüttelt Brudeck, er sieht dann Tekke Senft ihre Wäschestücke aufhängen in der Sonne und kann dieses Bild und die versackende Stimme, die er jetzt hört, nicht zusammenbringen. Es endet immer im Schweigen. Manchmal stehen sie zuletzt beide an die Balkonbrüstung gelehnt, seine Hand um ihre Taille, ihr Arm um seine Schulter. Senft ist auch groß, aber nicht so groß wie seine Frau. Sie stehen da und schauen in die Nacht hinaus. Man könnte meinen: ein glückliches Paar.

Brudeck hat die Rauchringe aufgegeben. Das konnte er mal richtig gut. Sowas verlernt man doch nicht! Mit ein bisschen Übung vielleicht ... Hinter ihm im Wohnzimmer ist es dunkel. Ob Elvira schon schlafen gegangen ist? Ohne ihm Gute Nacht zu sagen? Er steht unschlüssig im Raum, der nur vom schrägen Lichtstreifen der Straßenlaterne erleuchtet ist. Jim

Morrison? Jetzt kann es Elvira nicht stören. Aber dann legt er doch Neil Young auf, lässt sich ins Lederpolster fallen und von der nasalen Stimme mit auf die Reise nehmen. Sie führt nicht weit. Sie endet beim Gartenzaun und bei der erstaunlichen Art, mit der Tekke Senft sich bewegt hat; wie eine Giraffe, denkt er, wie mit Zeitlupe und doch völlig harmonisch. Da schläft er schon.

„Du schläfst ja wie ein Bär. Hast du den Wecker nicht gehört?" Elvira steht vollständig angezogen in der Tür. Brudeck fährt hoch. Tatsächlich, halb acht.

„Ich muss los, ich habe einen Arzttermin. Das Frühstück steht auf dem Tisch. Kommst du heute Mittag?"

„Ja", murmelt Brudeck, „ja, ich denke schon, sonst rufe ich an."

„Also Tschüss."

„Tschüss auch."

Elvira zieht die Tür zu.

Wie war er überhaupt ins Bett gekommen? Das Gekreische des rolligen Katers, als es schon dämmerte, und ihre Katze, die ins Haus wollte, genug Herumtreiberei für eine Nacht. Er hatte sie hereingelassen, sich dann ins Bett geschleppt. Vorher noch die Austaste drücken, Neil Young längst verstummt. Er hatte sich ins Bett geschlichen, um seine Frau nicht aufzuwecken. So also macht Senft das, leise, nicht unbedingt Zähne putzen, geht auch so. Und ins warme Bett, das Deckbett bis an die Ohren, einsinken in die

Schlafwärme, die sich schon ausgebreitet hat, auf ihn wartet. So macht Senft das auch, wenn er nach Hause kommt, immer dienstags, von seiner Tussi – Brudeck kann nur „Tussi" denken – und wieder seinen Platz einnimmt, den Platz neben seiner Ehefrau im großen Bett. Wie das wohl ist für Senft? Den Geruch der anderen noch der Nase, in den Fingerspitzen noch die Erinnerung an eine andere Haut – und dann in die Klappe, ‚Klappe die achte', denkt Brudeck, eine neue Szene, macht er das so? Und wenn im Schlaf sein Knie in eine Kniekehle passt, und er die Hand ausstreckt, weiß er, wer das da ist? Oder ist alles ganz anders, fragt sich Brudeck: Vielleicht einen Orangensaft aus dem Kühlschrank, Zähne putzen, und im Arbeitszimmer auf der Couch in die Decke rollen, die Augen zu und hinterher träumen der kleinen, zierlichen Frau, die ihn verzaubert, die ihn zum unschuldigen Jungen werden lässt, mit der die Liebe so leicht und phantastisch ist, als erfänden sie sie gemeinsam jedes Mal neu. Brudeck sieht sie vor sich: knabenhaft jung, kurz geschnittenes Haar, außer Atem, wie Jean Seeberg, die Liebesszene unter dem Laken mit Jean-Paul Belmondo, was war das für ein Film gewesen, er hatte die Dialoge auswendig gekannt, als er aus dem Kino kam. Mein Gott, wie ihn das damals begeistern konnte – das Ausbrechen aus dem Normalen, ein Mörder war dieser Ganove schließlich. Aber wenn er mit dem Daumen der rechten Hand die Oberlippe entlang strich – die Erkennungsgeste für Belmondo-Fans, noch jahrelang. Brudeck schaut in den Spiegel, er hat gar nicht gemerkt, dass er sich fast fertig rasiert hat.

Da läutet das Telefon. Benommen eilt Brudeck hin. Herr Senft. Ob Herr Brudeck ihm einen großen Gefallen tun könnte. Er wüsste wirklich nicht wie, sonst. Seine Frau sei plötzlich nicht da. Und die Kinder ... Er komme doch sicher mittags nach Hause, ob er da den Jüngsten von der Schule mitnehmen könnte. Der hat doch die Krücken, wegen des Knöchels. Die anderen könnten schon allein ... Senft verhaspelt sich, atmet schwer.

„Natürlich, selbstverständlich, wann denn?"

Kurze Pause. Dann: „Nach der fünften Stunde, also so um halb eins."

„Mach ich, das geht klar."

Brudeck wischt sich vor dem Spiegel den restlichen Schaum vom Kinn. Pfeift leise vor sich hin. Aha: Senfts Frau ist plötzlich nicht da. Na, ob die jetzt ... So recht will ihm das aber nicht schmecken. Genauso wenig wie der Kaffee, schon lauwarm in der Thermoskanne. Und wieso ist Elvira überhaupt so früh weg? Schon wieder ein Arzttermin? Er muss los.

Brudeck holt den Jungen von der Schule ab. An diesem Tag. Am nächsten Tag. Am übernächsten. Das hat sich so ergeben. Dass der Junge Jörg heißt, weiß er jetzt. Und auch, ob nach der fünften oder der sechsten Stunde. Morgen nach der sechsten. Also viertel nach eins. Brudeck merkt, dass er anfängt, sich darauf zu

freuen: Unter all den Kindern, die auf dem Buspark-
platz in die Busse steigen, eines, das auf ihn zugehinkt
kommt, ihn anlächelt, wenn er ihm die Tür aufstemmt:
„Hallo Jörg, und wie ging's heute?"

Brudeck hat seiner Frau erklärt, dass er jetzt manchmal erst später Mittagspause machen könne. Er setzt
den Jungen genau vor dem Hintereingang des Nachbarhauses ab, wartet noch einen Augenblick, sieht ihm
hinterher, wie er mit seinen Krücken über die Stein-
platten schwingt, geschickt macht er das. Erst wenn
der blonde Schopf in der Eingangstür verschwunden
ist, gibt Brudeck Gas und biegt um die Straßenecke
zu seinem Parkplatz. Elvira braucht nichts davon zu
wissen, das ist jetzt etwas zwischen Senft und ihm.
Er springt die drei Stufen zur Eingangstür hinauf, ruft
„Hier bin ich!" Alles so still. „Elvira?"
Keine Antwort. Der Anrufbeantworter blinkt. Mechanisch drückt Brudeck auf die Taste. „Hier Heinsohn.
Vielen Dank noch, Frau Brudeck, dass sie heute so
schnell eingesprungen sind. Sie sind wirklich eine große
Hilfe für unser Leseteam. Bis Montag dann." Brudeck
seht stocksteif da. Elvira im Leseteam? Sie hatte ihm den
Aufruf im Nachrichtenblättchen gezeigt, Er hatte nur
gelacht. Muss das sein? Er jedenfalls nicht. Aber sie – sie
kam wohl doch nicht drüber weg, dass sie keine Kinder
hatten. Adoptieren? Nein danke, ein fremdes Balg. Man
weiß nie, was man sich einhandelt. Und nun ging sie
Kindern vorlesen, im Leseteam. Heute früh – das also

war der Arzttermin. Und er sollte es nicht wissen. Weil er sie auslachen würde? Er hat sich in den tiefen Sessel fallen lassen, versteht nicht, versteht doch, sitzt und wartet. Wartet. Irgendwann muss er weggenickt sein. Dass er jetzt mittags immer so schnell müde wird! Er sollte aufpassen, dass er sich nicht gehen lässt. Wieder mehr zu Fuß laufen, nicht immer im Auto. Wandern Sie doch mal, hatte der Arzt ihm geraten. Ach, wandern. Aber wieso eigentlich nicht? So lange ist es gar nicht her, dass er sonntags gewandert ist. Allein. Das war ein ungeschriebenes Gesetz. Aufbrechen und nicht genau wissen, wo lang. In Kauf nehmen, dass er sich auch mal verirrte. Das ging nur allein.

Fünf Uhr dreißig. Brudeck tritt in die Diele.
Elvira bewegt sich in der Küche, kommt aus der Tür, lächelt, streicht sich die Schürze glatt, gibt ihm einen Kuss, fragt wie war es, und verschwindet sofort in der Küche, um die Suppe zu holen.
„Wo warst du heute Mittag?"
„Tut mir leid, Schatz, ich hab dich nicht mehr erreicht, um dir zu sagen, dass mein Frisörtermin länger dauern wird. Hast du dir ein Brot gemacht?"
„Hm – Frisör?"
Elvira stutzt. „Natürlich." Sie bewegt ihren Kopf nach links und rechts.
Brudeck schaut seine Frau aufmerksam an. Wirklich, das Haar ist kürzer und irgendwie anders.
„Hast du was mit der Farbe gemacht?"

„Getönt. Nur leicht, lässt sich wieder rauswaschen. Es fing doch schon an, richtig grau zu werden an den Schläfen."

„Und was war beim Arzt?"

„Arzt? Ach so, ja, nur ein Kontrolltermin. Vorsorgeuntersuchung, weißt du."

„Alles in Ordnung?"

„Alles in Ordnung."

Er kriegt die Augen nicht auf. Ist er jetzt tot? So wie manchmal ganz kurz vor dem Aufwachen: sich nicht rühren können. Panik, verzweifeltes Versuchen. Als er das nächste Mal an die Oberfläche kommt, hört er Stimmen.

Sie haben ihn gefunden, hört er. Stimmen in seinem Kopf. Wen? Brudeck? Wieso gefunden? Sie hätten nach ihm gesucht, die ganze Nacht, und den nächsten Morgen. Und dann haben sie ihn gefunden, unterhalb vom Weg, am Fahler Loch. Jetzt ist er in der Klinik. Am Kopf verletzt. Ganz schön bös.

Brudecks Kopf schwimmt. Ob sie jetzt in der Siedlung so über ihn reden? Er kann die Augen nicht aufmachen. Etwas drückt auf der Stirn. Er hört Schritte, eine Tür, auf, zu, die Schritte wieder leiser. Er liegt hier. Er kann das spüren. In einem Bett, nicht mehr auf dem Geröll. Er ist gerettet. Er dämmert weg, es ist dunkel, dann ist es wieder hell. Eine Stimme sagt, er brauche viel Ruhe. Darf ich? Elviras Stimme. Als er die Augen aufmacht, sieht er ihren Kopf ganz nah vor seinem Gesicht. Den

Scheitel. Und diese merkwürdige Farbe. Dann hebt sie ihr Gesicht und lächelt. Er versucht es auch. Es scheint zu gehen. Sie entspannt sich und setzt sich auf den Stuhl neben dem Bett.

„Mein Gott, hab ich mir Sorgen gemacht."

Er klappt die Augenlider wieder herunter.

„Hast du Schmerzen?"

„Es geht so."

Ihre Hand jetzt leicht auf seinem Handrücken. Das ist angenehm. Er lässt die Augen zu.

„Wird schon werden", versucht Elvira ihn aufzumuntern.

Sie sitzt da. Wartet sie auf etwas? Ihre Hand lässt sie einfach auf seiner liegen.

Bevor sie aufbricht, macht er die Augen wieder auf, wenigstens kurz. Helllila Astern. Wieso denn? Da war doch raschelndes Laub, als er hinabgerollt ist. Steine und trockenes Laub. Es wollte überhaupt nicht aufhören.

„Du magst diese Astern doch?"

„Ja", sagt Brudeck, „danke."

„Ich komme morgen wieder." Die Tür klappt leise hinter ihr zu.

Als er die Augen schon länger offen lassen kann, glaubt er trotzdem zu träumen. Da steht Tekke Senft an seinem Bett.

Frau Senft? Sofort will er sich irgendwie aufrichten, ihr einen Stuhl anbieten.

Sie hat sich schon einen geangelt, setzt sich, Gott sei Dank. So weit hinaufschauen, das schafft er jetzt wirklich nicht.

Tekke Senft sieht ihn an und diesmal wandern ihre Augen nicht gleich wieder weg zum nächsten Wäschestück.

„Wie geht es Ihnen?"

„Schon viel besser. Aber, dass Sie kommen."

„Ich musste einfach kommen. Ich musste Sie einfach sehen. Den Herrn Brudeck, unsern Nachbarn. Und der wandert sonntags ganz allein auf völlig abgelegenen alpinen Wanderwegen, einfach so."

„Na ja."

„Wissen Sie, das ist schon merkwürdig. Da macht man sich so ein Bild: ein harmonisch zusammen lebendes Ehepaar, nicht mehr ganz jung, regelmäßige Arbeit, regelmäßige Zeiten – man kriegt ja viel mit, so Haus an Haus, auch wenn ich nicht besonders neugierig bin. Und dann heißt es: Der Mann abgestürzt, schwere Kopfverletzung, erst am nächsten Tage von der Bergwacht gefunden. Und die Ehefrau wusste überhaupt nicht, wohin ihr Mann an diesem Sonntag wandern gegangen ist."

„Ist das so speziell?"

„Ja. Hat mich ganz schön überrascht."

„Aber Sie sind doch auch …"

Brudeck weiß nicht, woher ihm plötzlich der Mut kommt, so etwas zu sagen. Diese Frau mit ihrer klaren, nordischen Kantigkeit, die sich einfach an sein

Bett setzt, und ihm erzählt, dass sie über ihn nachgedacht hat.

„… Sie sind doch auch – verschwunden."

„Ja, bin ich. Und bin wieder da. Vielleicht auch abgestürzt – das kann man so sehen. Nicht gerade den Kopf verletzt, aber … Jetzt bin ich wieder da. Die Kinder, wissen Sie. Ich habe gemerkt, wie ich sie vermisse. Als ich wiedergekommen bin, diese Freude. Unvorstellbar, die wirklich zu verlassen. Das jedenfalls mache ich nie."

Sehr gerade sitzt sie da, die Schultern zurückgenommen, schiebt ihre Hände ineinander, lässt den Blick zum Fenster schweifen.

„Und Ihr Mann?" Brudeck weiß wirklich nicht, was in ihn gefahren ist.

Tekke Senft holt ihren Blick vom Fenster zurück und lässt ihn ganz kurz seinem begegnen.

„Das wird zu klären sein."

Pause. Sehr hell leuchten die Asternsterne, ein Vogellaut dringt durchs Fenster, auf dem Flur rollt klirrend der Wagen mit den Tabletts fürs Abendessen näher.

„Sie werden hier gut versorgt?"

„Ja. Aber ich will hier weg. Nach Hause. Und wieder zum Fahler Loch. Das nehm´ ich mir nochmal vor."

Sie schaut ihn aufmerksam an, ein Lächeln schleicht um ihre Mundwinkel.

Als sie schon fast aus der Tür ist, steckt sie den Kopf wieder herein.

„Der Jörg sagt, ich soll Sie von ihm grüßen."

Crossan Hays Curry

Gestochen klar der Name in ihrem Kopf Crossan
Curry. Gestochen klar die Buchstaben in der Zeile, in
der Google ihr den Namen vervollständigt anbietet:
Crossan Hays Curry. Etwas blitzt in ihr auf, erschreckend und heiß zugleich. Es gibt ihn also. Bei Google
gibt es ihn. Eine ganze Seite blauer Namensnennun-
gen sind jetzt heruntergespult worden. Zum Namen
immer der Zusatz: *Crossan Hays Curry Prize* – Zeile
um Zeile. Ein Preis, also muss er irgendwie bedeu-
tend gewesen sein. Oder noch sein? Sie erfährt: Ein
Preis, der im Jahr 1995 ausgelobt wurde, zu Ehren
des *Professor emeritus* am *College of Creative Arts at
Miami University in Oxford, Ohio.* Er selbst war der
erste Träger dieses Preises. Sie erfährt, von wem er
gestiftet wurde, sie erfährt alle Namen der darauf-
folgenden Preisträger und Preisträgerinnen, man-
che sind rot unterstrichen, soll sie die anklicken? Sie
lenkt den Cursor auf *Crossan Hays Currys* Namen,
klickt – nichts passiert. Ob er noch lebt? Sie kommt
nicht weiter.

Da, irgendwie ist sie auf eine andere Seite geraten, wo
es zwei Eintragungen gibt. Eine beginnt: *Crossan Hays
Curry is my uncle Crossan. The last time I saw him was in
1954 at my mother's funeral. She died young.* Der andere Eintrag ist offenbar diesem vorausgegangen, es ist
ein Eingedenken eines Studenten an den begnadeten
und hochgeschätzten Lehrer. Crossan Currys Neffe

antwortet auf diese Nachricht, er freut sich, dass es also da noch jemanden gibt, der den *uncle Crossan* kennt. Als reichte ihm sein *uncle Crossan* durchs Internet die Hand.

Sie möchte sofort dazu, auch die Hand reichen. Aber was für eine Hand? Die, mit der sie jetzt auf den Tasten herumfingert? Oder die, mit der sie durch Crossans Haar gestreift hatte, vor 60 Jahren? Auf dem einen Spaziergang, den sie miteinander gemacht hatten, der Athabasca River schäumte mächtig, es dunkelte schon, obwohl es Sommer war. Und der große, schlaksige Mann neben ihr gefällt ihr so gut, so gut, dass es sie beglückt und zugleich verstört, als seine Hände an dem dunkelblauen Mantel entlangfahren, den sie für diesen Abend von ihrer Schwester geliehen hat, tastende, zielsicher suchende Hände, die sie dann doch abwehren muss – ach, wie hasst sie es, dieses Gefühl von Wollen und doch nicht Dürfen, und auch hilflose Empörung ist dabei, dass ihr da ein so deutliches Begehren entgegenschlägt, wo sie – sechzehnjährig – doch nur auf Wolken schwebt, beglückt, dass der junge Mann, der ihr am Tag zuvor in dem Ausflügler-Boot auf dem Maligne Lake so gut gefallen hatte, jetzt einfach aufgetaucht ist. Kaum drei Sätze hatten sie beim Ausflug miteinander gewechselt, unbeholfen, scheu, sie jedenfalls. Auch er ein wenig linkisch, aber irgendwie straff. Blondes, struppiges Haar, eine bemerkenswerte gebogene Nase, die Lippen weich und doch scharf ziseliert.

Beim Aussteigen wortloses Auseinandergehen. Dass er dann nachgeforscht hat, wo sie denn stecke in diesem 500-Seelen-Ort Jasper mit ihrem Summerjob, und heute Abend plötzlich vor ihr steht. „Shall we go for a walk?" Das war es gewesen, damals. Dann ein Weihnachtsgruß vom Künstler Crossan Hays Curry: ein wild ausschlagendes Rentier auf schwarzem Grund. Schließlich noch ein Brief in großer, ausladender Tintenschrift. Dann nichts mehr. Ihre Finger spielen über die Tasten. Ja, sie will sich hineinwagen, in dieses Nichts, in diese verrückte virtuelle Welt. Dieser Neffe, den sie nicht kennt. Dessen Sätze aber gut leserlich vor ihren Augen stehen. Sie will eine Angel auswerfen durch Zeit und Raum. Sie schreibt: *I met your uncle in Jasper in 1949. I remember him vividly. Do you know anything about his whereabouts?*

Es kommt keine Antwort.

Tage später probiert sie weiter. Ein Student erinnert sich:

When I was in school, I had a wonderful drawing teacher – Crossan Hays Curry – who shocked us all in 1st year drawing. We drew the model, each of us working SO hard to demonstrate our lofty 18 year old 'skillzz'. After 30 minutes or so, he asked us to tear off our drawing, wad it up, and throw it in the trash. We did this every day, every drawing for a month.

When we were through, we knew that we were students. We were learners, experimenters, free to make mistakes or make beauty – either way, there would always be another chance tomorrow.

Ein paar Jahre später wird sie ihn wieder eintippen, diesen Namen, den sie jetzt mühelos richtig eingibt, *Crossan Hays Curry*. Und plötzlich ist nichts mehr richtig. Neben seinem Geburtsdatum sein Todesdatum. Vor ein paar Wochen erst. Er ist also tot. Die Zeitung, die sie aufruft, bringt ein Foto: ein weißhaariger alter Mann, weißer Bart, die Augen zu einem Zwinkern verengt. Er umfasst mit einem Arm eine Ziege, deren Hörner mit Blumen umkränzt sind. Und sie liest, dass er neben seiner Kunst die Landwirtschaft geliebt hat, dass er einen Sohn, eine Tochter und fünf Enkel hat. Sie erfährt, was er ihr damals, bei dem einen Spaziergang, verschwiegen hatte: er war im Zweiten Weltkrieg vier Jahre lang an der Front gewesen. Es geht sie nichts an. Und doch sitzt sie vor dem aufgeklappten Laptop und starrt lange mit pochendem Herzen ins virtuelle Nichts.

Vourliotes, Samos

Er war ein kleiner Mann. Er kam am Morgen. An seine Hemdbrust drückte er drei Pfirsiche, oder vier, oder fünf. So viele seine Hände fassen konnten. Als Gabe für die beiden Frauen, die alte und die junge.

„The best peaches", sagte er, und blieb unschlüssig stehen, neben dem Terrassentisch, auf den er sie gelegt hatte. Auf dem Tisch lag schon das Foto. Sie hatten es beim Aufstehen gefunden: ein altes, sepiafarbenes Passfoto eines jungen Mannes mit schwarzem Haar, sehr viel Haar, mit schwarzen Augen, und einem Schnurrbart. Sie hatten sich gewundert, auf der Rückseite stand in zittriger, großer Schrift sein Name und Vourliotes, 17. Mai 2008. Also heute.

Die junge Frau verstand sofort. Er hatte sich verliebt. Und jetzt stand er da, wenig graues Haar schütter über dem Hemdkragen, die Stoffhose spannte über dem Bauch, die Schultern fielen schräg ab im kurzärmeligen, proper gebügelten Hemd. Seine Hände wirkten sehr groß, der Zeigefinger der rechten Hand fuhr die Tischkante entlang. Sie reisen schon? murmelte er. Er blinzelte gegen die schräg stehende Morgensonne, er konnte das Gesicht der jungen Frau nicht lesen, im Gegenlicht.

Dann wandte er den Kopf, sein Blick ging hinaus, den Hang hinab, über die Ebene, die Olivenplantagen, bis zur Ferne, wo das Meer an diesem Morgen sehr blau leuchtete.

Die Frauen mussten packen. Aufbruch. Er drehte sich um und stieg langsam, beschwerlich die Terrassenstufen hinab.

Als die Frauen ihre Koffer auf die Ausfahrt zu rollten, saß er mit seiner Frau am Kaffeeplatz. Eine herzliche Verabschiedung, kommen Sie wieder, kommen Sie wieder. Beide sagten es. Beide meinten es.

Sibirien, die Vogesen nicht

Er war ihr gleich aufgefallen. Wahrscheinlich, weil er der einzige Ältere war in diesem Computer-Kurs, möglicherweise noch älter als sie.

In der Kaffeepause ging es plötzlich ums Übersetzen. Sie brachte sich geschickt, unauffällig, wie sie hoffte, als Übersetzerin ins Gespräch. Er horchte auf, wandte sich ihr zu, fragte, ob sie dieses Buch, wie hieß es doch noch mal, ja „Das französische Testament" in der deutschen Übersetzung kenne. Eine vorzügliche, meinte er.

Sie kannte nicht die Übersetzung, nicht das Buch, nicht den Autor, sie ließ sich willig belehren, mimte nicht nur Interesse, sondern fühlte sich wirklich angesprochen von dieser Geschichte einer russischen Großmutter, die ihrem Enkel das Paris der Jahrhundertwende – der vorigen – erzählt.

Am nächsten Tag bringt er das französische Original mit, die Übersetzung sei leider unauffindbar. Sie dankt erfreut, bedeutet, dass es ihr ja keine Mühe machen würde, es auf Französisch zu lesen, erwartet eine Nachfrage, beherrscht sich, als keine kommt, will das Buch in die Tasche stecken und sieht eine Visitenkarte darin: Dr. Kurt Hilbig, Ärztlicher Berater i.R. Sie legt ihm, nach kurzem Zögern, einen Flyer ihrer Schreibwerkstätten neben seine Tastatur, nicht nur zu Werbezwecken. Er darf darin ruhig etwas über ihre Person erfahren.

Was hat sie denn angezogen an ihm? Als sie drei Wochen später auf dem sonnigen Nachmittagsbalkon ihm gegenübersitzt – natürlich hat sie das Buch persönlich zurückgeben wollen – fragt sie sich das wieder. Ältere Männer lassen nicht unbedingt ihr Herz höher schlagen. Ja, es ist der Gesichtsausdruck, merkt sie: Dieses Gesicht, dem man sein Alter wohl ansieht, das aber von keiner Starre, keinen scharfen Linien der Verbitterung gezeichnet ist. Graue Augen hinter einer randlosen Brille blicken sie wach und forschend an. Ein stoppeliger weiß-melierter Bart – Hans-Dieter Hüsch, denkt sie – und spärlicher Haarwuchs um die Stirnkuppel. Die Nase eher rund als adlerscharf. Ein groß gewachsener Mann. Wenn er aufsteht, um den grünen Tee abzugießen, fällt ihr das Aufrechte, Aufgerichtete seiner Statur auf. Jemand, der gewohnt ist, den Kopf hochzuhalten. Ein leicht vorgewölbter Bauch, den das braune Hemd und der Ledergürtel nicht zu verstecken versuchen.

Er redet sie jetzt mit ihrem Namen an. Den Doppelnamen muss er geübt haben seit dem Telefongespräch, bei dem sie das „gnädige Frau" so irritiert hatte. Am Telefon hat die Stimme ganz anders geklungen, sachlich geradezu. So viele Reisen und Verpflichtungen hat er ihr aus seinem Kalender vorgezählt, dass es schon schien, die Rückgabe des Buches müsste noch sechs Wochen hinausgeschoben werden. „Und wie wäre es mit morgen?" hatte sie da keck gefragt. Morgen ginge, ehe er am nächsten Tag zur Einschulung eines Enkelkindes nach Heidelberg fahren würde.

Morgen ist jetzt, also heute. Sie sitzt auf dem Balkon, der Blick geht hinab über die Reihen der Rebstöcke und auf der Gegenseite zum Schönberg hinauf. „Die Vogesen kann ich Ihnen heute leider nicht bieten" bedauert er; Diesigkeit verschluckt das Rheintal. Sie machen Konversation. Was sollten sie denn sonst tun? Sie trinken auch Tee und essen Zwetschgenkuchen. „Nicht selbst gebacken", sagt er, und sie „das wäre ja noch schöner" und freut sich heimlich über den Doppelsinn der Formel. Über die Großmutter im Buch sind sie schnell bei sich selbst. Ja, Großvater auch er, mehrfacher. „Und wie geht es Ihnen damit?" „Als Vater war ich 1A, als Großvater leider nur 4 minus." Ein Satz, um den sich gemeinsam Gedanken spinnen lassen. „Vielleicht muss man gar nicht so viel machen", schlägt sie vor und ist plötzlich überrascht: „Schon wenn man den Satz anschaut: ‚muss' und ‚man' und ‚machen'." Er kaut und schweigt.

Sie rangieren vor und zurück auf den Zeitschienen ihrer Lebensläufe. Wenn sich Knotenpunkte zeigen, kann angekoppelt werden. Wohin sie nach Kanada ausgewandert sei? Ach, Edmonton, Alberta, da sei er wegen der Einrichtung einer psychosomatischen Klinik konsultiert worden. „Aber dann haben sie doch nicht gebaut. Es wurde ihnen zu teuer, wegen der sozialistischen Krankenversicherung." Wann das war? Anfang der 80er Jahre. Da war sie schon längst wieder in Deutschland, verheiratet.

Ja, sie sei erst kürzlich nach Freiburg gezogen, habe sich zu einer räumlichen Trennung von ihrem Mann entschlossen, aus verschiedenen Gründen, fügte sie sibyllinisch hinzu. Es gehe ihr gut dabei, beteuert sie ungefragt. Irgendwann, viel später im Gespräch – sie hat nach seinen Kindern gefragt, seinen sieben Kindern – formuliert er fast beiläufig: „Ich war mit ganzem Einsatz Vater, und mit Begeisterung bei meinem Beruf, doch für den Ehemann blieb nichts übrig." Sie spürt den Druck, der diesen Satz fast sprengt, bei aller Gelassenheit des Sprechenden. Er lehnt sich entspannt zurück. Sie merkt, dass sie wieder auf der Kante ihres Stuhles sitzt. Sie atmet aus und schickt den Blick in die Ferne. Nicht mal die Vogesen. Die russische Großmutter hatte von ihrem Balkon-Nest über halb Sibirien geschaut, so jedenfalls erinnert es der Enkel.

Als sie geht, begleitet er sie zur Gartenpforte. Voreilig und ungeschickt streckt sie ihm die Hand hin. Er streift mit seiner kurz ihren Oberarm. Dass sie ihm so das Buch zurückgebracht hat, dafür bedankt er sich. Sie bedankt sich auch. Noch eine kurze Verzögerung, als er ihr rotes Fahrrad erblickt; wohlmeinende Weisungen, wie sie am besten stadtabwärts käme. Sie wählt den Weg, der den Rebhang hinab quert, schaut nach links in die diesige Rheinebene, nicht nach rechts oben, wo sie ihn vielleicht noch an der Gartenpforte stehen sehen würde. Sie könnte, bei dem Tempo der Abfahrt – sie spürt den Wind in den Haaren – leicht ins Schleudern kommen, wenn sie den Weg nicht fest im Auge behält.

Phoenix hour

„Das ist Robbi", hatte seine Mutter gesagt, und stolz auf den jungen Mann im weißen Hemd gewiesen, der sich mit einem Tablett gefüllter Gläser durch die plaudernde Menschenmenge schlängelte. Sie sah eine Gestalt, die offensichtlich kein Kellner war, doch der es gelang, Balance zu halten und, mit leicht gefurchter Stirn, die Getränke anzubieten. Es war das Sommerfest der deutschbaltischen Gesellschaft in Montreal im Juni 1956, und sie war, just aus Edmonton angereist, von den Eltern dieses jungen Mannes dazu eingeladen worden. Als sie schließlich vor ihm stand, hatte sich sein Tablett so weit geleert, dass er eine Hand freibekam, „Bob", hörte sie ihn sagen. Sie sah die immer noch gefurchte Stirn unter den dunkelblonden Locken, die sehr runden, blaugrünen Augen und ergriff die kräftige Hand, die sich ihr aus dem hochgekrempelten weißen Hemdsärmel entgegenstreckte. Sie nannte ihren Namen. Roberts Augen blitzten kurz auf: „Ah ja, meine Eltern haben mir schon ..." – dann wand er sich zur Seite, ein Gast wünschte noch ein Getränk.

Keine Liebe auf den ersten Blick. Dass es eine Lebensgeschichte werden würde, ahnten beide nicht. Wie es dazu kam, dass er sie kurz nach dem Sommerfest einlud, mit ihm in die Algonquin Mountains zu fahren – sie weiß es nicht. Aber sehr genau erinnert sie sich an den Augenblick, als sie nach dem beschwerlichen Aufstieg von der Bushaltestelle sein Häuschen „Little Hut" betraten. Ein Stockbett, ein Tisch, zwei Stühle – mehr nicht. Etwas mulmig wurde ihr; in so einer Enge mit einem ihr fast fremden Mann? Doch das Mulmige wich, als sie wieder vor der Tür standen. Der Bach! Ein schäumendes, ungebärdiges Wasser stürzte an Ihnen vorbei, so mitreißend, dass sie beide sofort hinein wollten. Nichts wie heraus aus den verschwitzten Kleidern, an einen Badeanzug hatte sie natürlich nicht gedacht, er auch nicht, schon stand er bis zu den Knien im sprudelnden Nass. Sie zögerte keinen Augenblick, stieg ihm hinterher, tauchte ein, tauchte wieder auf, schüttelte das Wasser aus den Haaren und schwang sich neben ihn, der es sich auf dem breiten flachen Stein bequem gemacht hatte. Da lagen sie nun, wortlos, scheu, ziemlich verwirrt von dem, was ihnen gerade widerfahren war, so selbstverständlich, so ungeplant.

Doch geplant hatte Robert auch. Als der Hunger kam, holte er Stück um Stück Köstlichkeiten aus seinem Rucksack: Weißbrot, Käse, eine Flasche Wein. Genüsse, die für sie in ein fernes Europa gehörten; in der Prärie gab es so etwas nicht, jedenfalls nicht für sie, Studentin mit schmalem Budget. Für Robert schien es ganz selbstverständlich. Ebenso selbstverständlich wie ein Buch von C.D. Lewis aus seinem Rucksack zu holen und ihr daraus vorzulesen. „Do not expect again a phoenix hour". Sie kam nicht ganz mit, aber sie meinte den Ton seiner Stimme zu verstehen. Und sie verstand es als Achtsamkeit, dass er ihr lange Zeit ließ, sich im schmalen unteren Bett einzurichten, ehe er wieder die Hütte betrat und sich in das obere schwang.

Die Rückfahrt nach Montreal am nächsten Tag – wie in Trance. War das wirklich sie, die das erlebte? Als hätte ein nie geahnter Wunsch sich erfüllt. Doch als sie am Montag von der Arbeit kam: drei gelbe Rosen und ein Briefchen steckten hinter der Türklinke. Sie fingerte den Briefumschlag auf; etwas in ihr wusste sofort, und wollte, wollte auf keinen Fall verstehen. „Do not expect again a phoenix hour" stand da, in einer kleinen, nach rechts geneigten Schrift, und ein „Danke" von Robert. Es war klar: Er wollte sie nicht wiedersehen. – An diesem Abend saß sie Stunde um Stunde in ihrem offenen Fenster und schaute blicklos auf die Sherbrooke Avenue: sie konnte nicht, sie wollte es nicht wahrhaben.

Dass sie ihn nach Wochen dann doch wiedersehen würde – zufällig? Oder doch auch nicht? Das konnte sie nicht wissen. Ebenso wenig, wie es weitergehen würde. Wieder mit Gedichten: Rilkes *Sonette an Orpheus*, die er ihr zum Geburtstag nach Edmonton schickte. Mit ersten Briefen, vorsichtigen, über ein Jahr hinweg, bis sie auf dem Weg nach Paris in Montreal Station machte und er ihr anbieten würde, sie nach Quebec zum Schiff zu begleiten. „Ja, das wäre schön", hatte sie gesagt.

* * *

Wie durch schwarzen Sirup bewegt sich der Schiffskörper langsam auf den Hafen zu. Die Lichter von
Quebec schwappen auf und ab im dunklen Wasser.
Sie steht an der Reling, wickelt den Regenmantel fester um sich und versteht sich und die Welt nicht mehr.
„Was würden Sie sagen, wenn ich Sie fragen würde,
ob Sie meine Frau werden wollen?" Die fein modu-
lierte Stimme ihres höflichen Tischherrn hat kein bisschen vibriert bei dieser Anfrage. Aber sie hat sie in
heftige Turbulenzen gestürzt.
Sie steht an der Reling und sieht Quebec näher kommen. Dort wartet der Verlobte, sie weiß es genau,
doppelt besiegelt durch den Strauß gelber Rosen, der
bei dem Zwischenstopp in Southampten an Bord gebracht wurde. Ein vorausgeeiltes Willkommen. Ja,
dort, wo die Lichter blinken, ist er, wartet darauf, sie
in seine Arme zu schließen. Robert, der Fluchtpunkt
ihrer Gedanken, ihrer Sehnsucht und all der Briefe,
die in den vergangenen neun Monaten von Paris den
Atlantik überquert haben.

Quebec im Jahr davor: ein goldener Herbsttag, vier-
undzwanzig Stunden, ehe das Schiff nach Le Havre
ablegen würde. Robert an ihrer Seite. „Ich möchte dich
gerne nach Quebec begleiten". „Ja, das wäre schön."
Sie hatte ja nicht gewusst, dass es in Quebec französische Lokale mit rotweiß karierten Tischtüchern gab,

auf denen Rotwein und Käse, ja sogar Froschschenkel serviert wurden. Sie hatte nicht geahnt, dass schon in dieser französischen Provinz Kanadas, nicht erst in Frankreich, sie etwas von dem erleben würde, was als Wunschbild im Kopf des Immigrantenmädchens fünf Jahre lang in der kanadischen Prärie überdauert hatte: winkelige Straßen, alte Häuser, eine historische Bastion, Läden vollgestopft mit Büchern, ja sogar eine Kutschfahrt mit Pferden, klippetiklopp übers Kopfsteinpflaster – solche Bilder eines alten Europa hatten sich seit Jahren tief unten in ihrem Auswanderungsgepäck versteckt gehalten. Staunend war sie durch den blaugoldenen Tag getaumelt, glücklich mit Robert an der Seite. Und am Abend, fast schon mit dem Fuß auf der Gangway zur „Homeric", war ihr plötzlich dieser ganze geplante Studienaufenthalt in Paris wie ein Widersinn vorgekommen. Wieso weg? Wieso von Robert weg?

Er hatte ihr in einer Buchhandlung *L'Etranger* von Camus geschenkt. Ein solcher bin ich. Wie eine Warnung, aber auch wie eine Frage. Willst du dich trotzdem auf mich einlassen? Ja. Ja. Und dieses Ja hatte sie als lange Schleppe über den Atlantik hinter sich hergezogen, es fest verknotet in ihrem Pariser Studentinnenzimmer. Neun Monate lang, Tag um Tag, hatten seine Briefe, die sie aus dem Postfach des „Foyer de jeunes filles" fischte, ihren Tag gerettet, hatten sie gefestigt gegen die Enttäuschungen dieses regengrauen Paris, das so ganz anders war, als sie es sich vorgestellt hatte. Sie

hatten sich aufeinander zu geschrieben, einander ver-
schrieben. Ihr Leben würde ein gemeinsames werden
nach ihrer Rückkehr. Irgendwie stand das fest.

Was würden Sie sagen, wenn ich Sie fragen würde, ob
sie meine Frau werden wollen. Wieso hatte sie nicht
sofort Nein gesagt? Wieso stand alles plötzlich Kopf?
Zurück nach Deutschland? Nein. Mit diesem liebens-
würdigen, welterfahrenen Mann, dessen Verehrung
in der Woche auf der „Arosa Sun" sie sich durchaus
hatte gefallen lassen. Nein.

Urplötzlich hat ihre Welt sich gedreht; nichts ist
mehr, was es war. Sie muss nicht Ja sagen. Nicht zu
dieser unerwarteten Frage des Reisegenossen. Aber
auch nicht – und jetzt stockt ihr wirklich der Atem,
als sie das zu denken wagt – auch nicht zu Robert,
der da stehen würde, da steht. Nicht Ja sagen müssen. Der Schiffskörper zieht längs, das Deck vibriert
unter ihren Füßen. Sie umfasst die Reling, ihr wird
schwindelig in diesem ungeahnten Raum, der sich
vor ihr auftut. Schwindelig und schuldig zugleich.
Nicht in Roberts Arme fallen, nein. Er wird fassungslos sein, traurig, verletzt. Sie weiß es. Und doch wird
sie das Unerhörte tun, sich selbst um eine Überra-
schung voraus. Frei.

Das Schiff hat angelegt. Erst morgen früh gehen die
Passagiere von Bord. Also hat sie noch Zeit; Zeit für
die neue Gewissheit, Zeit für die Trauer.

* * *

„Soll ich dich wecken?"

„Aber warum denn, mein Zug geht erst später."

„Dann kannst du ja ausschlafen. Ich auch. Nur Gisela muss früh los."

Robert hatte leicht schelmisch zu seiner Frau hingeblinzelt.

Dann hatten sie ihr gezeigt, wie man das Sofa in ein Gästebett verwandelt. Sie hatte versucht, mit anzufassen, linkisch wie immer in fremder Umgebung. Und auch verwirrt nach dem überraschend lockeren, ja herzlichen Abend zu dritt.

„Gute Nacht."

„Gute Nacht."

Jetzt hörte sie es deutlich: Bach. Sie räkelte sich aus der letzten Schlafhülle, blinzelte in das Morgenlicht und sah, dass Robert neben ihrem Bett stand.

„Vielleicht sollte ich dich doch wecken. Wann geht denn dein Zug?"

Sie brauchte noch ein paar Töne, ehe sie wach genug war, um zu sagen:

„So um 12 herum."

„Na, dann können wir ja noch in Ruhe frühstücken."

Jetzt wollte sie es doch wissen. „Ist das eine Partita?"

„Ja, natürlich."

Roberts Gedankenkrausen erschienen auf der Stirn, er setzte sich zögernd auf den Sessel neben der Couch.

„Glenn Gould."

Sie horchten beide.

„Hör doch, wie er diese Akkorde nimmt. Solch eine Ruhe, feierlich geradezu. Nicht mal Kempff traut sich das."

Da war er wieder, ihr Robert, mit seinem wahnwitzigen Gespür für Musik. Schön, dieses Aufwachen, in eine entspannte Vertrautheit hinein. Die ihr ganz unerwartet zufiel. Es war ein Wagnis gewesen, ein Wiedersehen zu versuchen, nach wie vielen Jahren? Und hier in Winnipeg. Dass sie auf der Durchreise war, entlastete alle.

Sie räkelte sich ausgiebig, bereit, den Musikgenuss mit ihm zu teilen. Sie schloss die Augen. Da, plötzlich, eine Berührung an ihrem Fuß. Hatte sie ihn aus der Decke gestreckt? Eine deutliche Berührung, aber so fein wie die Töne: langsam und leicht.

„Die Füße werden nicht ernst genommen. Dabei sind sie so sensibel." Roberts Stimme klang, als dozierte er. Aber seine Hände sprachen eine andere Sprache. Sie hielt die Augen geschlossen, um aufmerksamer zur Berührung hinspüren zu können. Zart, aber nicht zufällig wanderten seine Finger über den Rist, in die Wölbung, zu den Zehenspitzen. Ihr wurde … ja, wie wurde ihr? Wie in ein irreales Medium schien sie zu sinken, etwas Zeitloses, dem sie sich hingeben könnte, hingeben wollte. Alles in ihr gab es zu, gab nach.

Da klingelte das Telefon.

Robert fuhr zusammen, auch wenn er die Hand nur langsam von ihrem Fuß löste. Als sie seine Stimme im Nebenzimmer am Telefon hörte, hatte er wohl im

Vobeigehen die Partita schon abgedreht. Er sprach nicht lange. Kam zurück, Gisela lasse grüßen, sie wollte nur hören, ob alles in Ordnung sei.

„Könnten wir die Partita noch einmal hören?"

„Es ist die Nummer sechs", sagte er und blickte gedankenverloren aus dem Fenster.

Als sie schließlich aufstand, lehnte er noch immer in der Fensternische.

* * *

Du bist von Victoria, B.C. nach Dawson City, Yukon getrampt. Der Weg sollte dich zu Robert führen. Das ist geglückt.

Jetzt sitzt ihr am Feuer: Robert, seine neue Frau und der junge Freund von beiden, mit dem du in der Zeit dieses Ausflugs in die Ogilvie Mountains das Zelt teilst. Robert will dir etwas von seiner Welt zeigen, in der er – seit mehr als 10 Jahren nun schon – loszuziehen pflegt über Wochen, über Monate hinweg, roaming the wilderness. Ihr sitzt am Feuer und der gerade gefangene Lachs duftet in der Pfanne. Ästchen knacken in den Flammen. Ihr wartet. Sie kommen ins Erzählen. Vom Alltag in der Wildnis. Wovon man sich ernährt. Wie man überlebt. Wie Robert damals ... ja, sie möchten es noch mal hören, wie Robert der Grizzlybärin begegnet ist. Robert zögert, stochert im Feuer, sieht in die erwartungsvollen Gesichter, runzelt die Stirn. Sie sei einfach plötzlich vor ihm gewesen, als er über den Hügelkamm geschnauft kam. Langsam spricht er, als suchte er in seiner Erinnerung. „Sie stand einfach da, und ich blieb stehen, ihr gegenüber. Und neben ihr eben diese beiden kleinen Bären." Robert hält inne, niemandem braucht er die Gefahr zu erklären. „Ich stand einfach da, überrascht. Und sie wohl auch. Und dann fing es an – ich weiß nicht, wer damit anfing, jedenfalls merkte ich, dass ich mich ganz leicht vor und zurück bewegte – und sie auch. Als wippten wir beide auf unseren Fußsohlen. Und schauten uns an. Und dann hat sie sich auf ihre Vorderpfoten fallen lassen und ist abgekehrt, die Jungen hoppelten hinterher." – Ein anerkennendes Schnaufen in der Runde. Du merkst, dass du den Atem angehalten hast. Diese Welt. So fremd. Unfassbar. Die gezackte Silhouette der Ogilvies gegen den dunkelnden Himmel. Und dennoch – wie ein Sog. Die Grizzlys. Aber einem begegnen möchtest du nicht. Robert, die Stirn gefurcht, schiebt an den glühenden Hölzern. Du spürst das Einvernehmen der drei. Und dich selbst dabei. Und doch nicht. Irgendwann stehst du auf. Du musst ein paar Schritte gehen, am Wasser entlang, setzt dich auf einen Baumstamm. Schaust. Und plötzlich ist seine Frau neben dir, setzt sich. Schaut auch. Sie weiß, du und Robert, ihr wart mal verlobt. Sie braucht nichts zu sagen. Nach einer Weile: „I think the salmon should be done now". Und ihr geht beide zurück zu den Männern am Feuer.

Staub

Der graue Geruch von Staub. Es presst der Tochter die Nasenflügel zusammen. Weiter. Die nächste Stufe, die Hand am rissigen Holz des Geländers. Niemals hat sie hier hinauf gedurft, als die Mutter lebte. Jetzt hat sie den Schlüssel. Wie die Tür zum Speicher knarrt, und sofort dieser Geruch.

Sie ist auf dem Dachboden. Raue Bretter, Staubflusen, Mäusedreck. Sie schaut hoch. Das Licht durch die Fensterluke, grau gefiltert von der dick gewordenen Luft. Ein riesiger Raum, groß wie das ganze Haus.

Sie hat den Atem angehalten, merkt sie. Und erlaubt sich nun, auszuatmen, einzuatmen, und sich zu fragen, warum die Mutter sie nie hat hier hinauf kommen lassen.

Ihr Blick schweift. Ein paar alte Sessel mit zerschlissenen Bezügen; sie sehen aus, als wären sie die erste Nachkriegsgarnitur gewesen, zu gut noch, um sie zum Sperrmüll zu geben, als die jetzigen hellen Ikea-Möbel angeschafft wurden. Ein Schrank, kein Schlüssel, er lässt sich einfach öffnen. Fächer, und darauf: Bücher. Wieso denn Bücher hier oben? Sie beginnt, die Buchrücken zu beäugen. Jakob von Uexküll, *Nie geschaute Welten*. Nie davon gehört. Daphne du Maurier, *Rebecca*, ja, da hatte es doch einen Film gegeben. Und *Frenchman's Creek*, auf Englisch. Hatte die Mutter hier ihre alten Bücher aufbewahrt, von früher, als sie in Canada gelebt hatte? Ein Französisch-Lehrbuch, auch aus den 50er Jahren,

Nachschriften. Sie hockt sich auf das Kistchen neben dem Schrank, blättert weiter. Political Science. Säuberlich mit Schreibmaschine getippte Aufzeichnungen, auf Englisch. Voting System of the United States. Die Mutter hatte doch in den diplomatischen Dienst gehen wollen, das hat sie mal erzählt, mit diesem etwas forcierten Lächeln, mit dem sie gerne abtat, was ihr nicht gelungen war, was sie aber doch nicht ungesagt sein lassen wollte und dann fast zu bereuen schien, dass sie es überhaupt erwähnt hatte. Hatte denn niemand gefragt Und was war dann? Warum bist du nicht? Wahrscheinlich hatte irgendjemand gesagt „Reichst Du mir bitte den Salat?" Und dann war die Unterhaltung abgedriftet. Also kein diplomatischer Dienst. Sprachen stattdessen. An der Uni weitergemacht. Und dann waren ja die Kinder da.

Sie findet einen Stapel Kladden, Tagebücher. Das erste aus der Zeit, wo sie schon hier lebten. Keine von früher? Als die Mutter noch nicht verheiratet war? Davon möchte sie gerne wissen. Wer war diese Frau gewesen, als sie sie noch nicht gekannt hat?

Sie steckt jetzt mit dem Kopf tief im Schrank, zieht eine Mappe hervor, noch mal Aufzeichnungen. Dann ein größerer Karton. Briefe. Hm. Sie weiß nicht, soll sie?

Darf sie? Nur mal hineinschauen. Ihr wird heiß. Auch die Briefe säuberlich in Mappen sortiert. Welche von ganz früher anscheinend, die steile penible Schrift der Schülerin, „Liebe Eltern, mir geht es gut", liest sie, und den Bericht vom ersten Sommer-Job, so ausführlich und konform abgefasst, wie man das eben tut, um Eltern zu beruhigen. Langweilig. Wer hat diese Briefe aufbewahrt? Die Großmutter wohl. Eine andere Mappe, verschiedene Handschriften, schon interessanter. Diese hier kann sie entziffern. Einer, der David hieß, hat unterschrieben, am Ende eines Briefes von zwei kleinen Seiten, in denen er zu widerlegen versuchte, was die Mutter wohl behauptet haben musste, dass Gefühle etwas ganz Unnützes seien. Die Mutter hatte anscheinend mit George Bernhard Shaw argumentiert, David führte Dostojewski ins Feld. Offenbar hatte er es mit dem Russischen, er unterschrieb mit drei Wörtern, die sie als kyrillisch erkennen kann, aber nicht versteht. Interessant. Wer das wohl gewesen sein mochte?

Jetzt eine dicke Mappe. Da steht Robert drauf. Briefe in einer winzigen nach rechts geneigten Handschrift, wie Vogelspuren, kommt es ihr in den Sinn, und dazwischen maschinengeschriebene Durchschläge. Da hat die Mutter wohl schon ihre erste Reiseschreibmaschine gehabt, dieses Ungetüm von Remington, das sie schließlich weggab, aber nicht ohne ihr vorher das Besondere zu zeigen: Eine Tastatur mit englischen Typen und den Akzenten für das Französische. Das sei damals nicht selbstverständlich gewesen, aber sie hatte es sich gewünscht – wo sie doch Romanistin war – als ihr Vater ihr eine Schreibmaschine schenken wollte.

Vorsichtig blättert sie in den raschelnden Seiten, so dünn, so seidenweich. Durchlöchert an manchen Stellen, wo die Mutter wohl einen Tippfehler verbessert, dann kräftig auf die Taste gedrückt haben musste. Sie holt sich das ganze, gewichtige Paket dieser Briefe jetzt auf den Schoß, setzte sich bequemer hin, mit dem Rücken an den Schrank, und beginnt zu lesen.

Erste, noch förmlich vorsichtige Grußkarten von diesem Robert, mit „Sie" redete er das Fräulein an, das ihm wohl zunächst auch auf Postkarten geantwortet haben muss. Dann Durchschläge von Briefen der Mutter aus Paris, wo sie studierte. Und da war kein Sie mehr, da war es „Lieber Roberto", und ein Erinnern an den Augenblick, als er in Quebec zurückblieb, sie den Fuß auf die Gangway des Schiffes gesetzt hatte, Zielort Le Havre. Es musste ein irgendwie bewegender Augenblick gewesen sein. Denn die Mutter hatte wohl gleich auf dem Schiff zu schreiben angefangen, offenbar die Remington ausgepackt, der Brief war in Paris datiert, aber sie erzählte, als passierte alles auf dem Schiff gerade jetzt. Auch die Nachricht vom Aufstand in Ungarn, die auf dem Schiff die Runde machte: Die erschreckende Vorstellung, sie kehre nach Europa zurück just in dem Augenblick, in dem der dritte Weltkrieg ausbrechen würde.

Er brach nicht aus. Der Ungarnaufstand wurde von sowjetischen Panzern niedergerollt. Die Mutter lebte in einem Studentinnenwohnheim in der Rue Saint Michel. Sie schreibt immer häufiger an Roberto. Seine

Briefe, Kärtchen manchmal, scheinen jeden zweiten, dritten Tag einzutreffen. Immer deutlicher offenbaren die Briefe der Mutter, dass sie in dem grauen, regnerischen Paris überhaupt nicht das fand, was sie erwartet hatte: die glänzende Kulturmetropole, die sich als Sehnsuchtsbild in ihr kristallisiert hatte in den Jahren des Romanistik-Studiums an der University of Alberta. Es ist kalt, die Vorlesungen in der Sorbonne einschüchternd, der Professor, dem sie ihr Doktorthema vorstellt, höflich herablassend, und ihre Französischkenntnisse sind so schlecht, dass sie regelmäßig unterm Regenschirm zu den Sprachkursen für die „Professeurs du Français à l'Etranger" huscht. Da dienen die kleinen Briefchen von Robert, die sie sich gleich am frühen Morgen aus ihrem Brieffach im Foyer holt, wunderbar dazu, eine zweite, eine Fernwelt aufzubauen. Sie schreiben sich aufeinander zu. Was wohl beim Abschied in Quebec ein Versprechen gewesen sein muss, füllt sich mit Vorstellungen eines gemeinsamen Lebens nach ihrer Rückkehr. Er will Medizin studieren, sie wird an ihrer Doktorarbeit über Rilke weiterarbeiten, deren Fertigstellung in einem knappen Jahr an der Sorbonne sich als Hirngespinst erweist. Nach all den Briefen und Durchschlägen zuletzt ein kleiner Umschlag, adressiert an das Fräulein auf der Arosa Sun. Darin ein Kärtchen von einem Floristen, Southampton, und die Worte: Gute Reise. Bis bald. Robert. Hatte er ihr Blumen aufs Schiff geschickt?

Und danach. Eine Zeitlücke.

Was passierte damals in Quebec, als die Mutter lande-
te? Sie war verlobt gewesen mit diesem Robert. Merkwürdig, erzählt hat sie nie davon. War die Verlobung
auseinandergegangen, sofort? Und was dann?

Der nächste Brief der Mutter liegt in ihrer Hand. Er
ist fünf Jahre später datiert, ein kurzer Brief, als sparte
sie ganz viel aus, redete in Andeutungen. Von einer
Bach-Partita ist die Rede, die sie leider nicht zu Ende
gehört hätten, sie und Robert, weil seine Frau angerufen hatte. Und Füße, die ein gutes Gedächtnis hätten.
Hm ... Sie hatte ihn also besucht. Robert war also nicht
aus ihrem Leben verschwunden, als die Verlobung ab-
gebrochen worden war. Von wem wohl?

Jetzt taucht etwas in ihr auf, das Gesicht eines Mannes, bärtig, mit etwas filzig wirkendem graublondem
Haar, an einem gedeckten Tisch, um den sie alle sitzen: Der Vater, die Mutter, die beiden Schwestern, sie.
Und die Mutter sagt: Den Passah-Hasen hat Robert
gemacht. Es war ein ganz wunderbar schöner Passah-Hase. Sie sieht ihn genau vor sich: weiß, mit fein
geformten Flanken und kleinen schwarzen Punkten,
wo die Korinthen aus der Quarkmasse hervorguck-
ten. War dieser Passah-Hase das Urbild, das sie in sich
trug, wenn sie selbst, Jahr für Jahr, zu Ostern einen
formte? Es war also Ostern gewesen. Mehr erinnert
sie nicht als dieses etwas verwitterte Gesicht und eine
zögernde Bedächtigkeit, die von ihm ausging.

Wieder eine Zeitlücke. Eine Grußkarte von Robert aus
dem Yukon, immer diese Vogeltrapsschrift, wohl die

Antwort auf eine Nachricht der Mutter. Robert freut sich über das Lebenszeichen, lässt den Ehemann unbekannterweise grüßen. Er sei viel in der Wildnis unterwegs, schreibt er. Nichts von seiner Frau. Das muss also vor dem Osterbesuch von Robert gewesen, rekonstruiert sie. Und dann ... plötzlich sieht sie dieses bärtige Gesicht wieder vor sich. Da war doch ein Holzhaus, sie alle im Winter, ganz viel Schnee, man musste aufs Klo über den Hof durch den Schnee stapfen. Dieser Mann war da, Robert also wohl, und einmal machten sie eine Wanderung im Schnee. Es ist dunkel, Chico fällt ihr ein, dieses komische Wort, und ein Baumstamm, der im Wald lichterloh brennt, es wird alles ganz deutlich, wie Robert Würstchen gebraten hat im Feuer. Ja, das muss er gewesen sein. Nur dass sie plötzlich nicht weiß, ob sie selbst sich erinnert, oder ob sie sich an die Geschichte erinnert, die die Mutter einmal geschrieben hat. Wie sie alle, Robert vorneweg, auf Skiern zum Chico gelaufen sind. Dass sie diesen Robert also wirklich gekannt hat, das kommt ihr fast unheimlich vor. Wo er doch in eine Geschichte gehört – und eben in das Leben der Mutter, ehe es sie überhaupt gab. Aber auch, als es sie schon gab, das wird immer deutlicher. Nur, warum hat die Mutter all diese Briefe auf dem Dachboden versteckt? Jetzt ist da auch noch ein Zeitungsausschnitt zwischen den Briefen. Sie wundert sich, wieso denn hier eine Buchbesprechung aus der *New York Review of Books*? Es geht um einen Bildband vom Yukon, von einem gewissen Paul Baich. Sie haspelt sich durch die verblichene Schrift und liest, dass der Fotograf seinen Freund Robert F. auf dessen Expeditionen in die Wildnis begleitet hat. Sie sieht einen Mann beim Durchqueren eines schäumenden Flusses, einen gewaltigen Stock in der Hand, den Hut in die Stirn gezogen. Viel kann sie nicht erkennen, aber genug, der zottelige Bart ist richtig lang. Robert F. Jetzt hat sie keine Zweifel mehr. Aber was, um Himmels willen, hat er mit dem Leben ihrer Mutter zu tun? Und mit dem Yukon?

Sie legt den Karton beiseite. Der Yukon. Sie erinnert sich, wie die Mutter von einem ihrer vielen Besuche in Kanada zurückgekommen war und vom Yukon erzählt hat. Sie war von Victoria, wo die Großmutter damals noch lebte, die Pazifikküste hochgefahren, in einem Schiff, und dann über Land bis in den Yukon. Sie spürt plötzlich wieder die Lebendigkeit der Mutter, als sie von dem Abenteuer erzählte. Abenteuer hatte sie es genannt, wohl, weil sie furchtbare Angst gehabt hatte vor den Grizzlys. Robert, seine Frau, sie und sein Freund, in dessen Auto sie gemeinsam die Reise in die Ogilvie Mountains unternahmen, hätten in zwei Zelten übernachtet, und da sei sie heilfroh gewesen, denn nachts allein in einem Zelt – undenkbar. Und wie sie, die Mutter, gerne das abendliche Feuer lange, lange geschürt habe. Wo ein Feuer ist, kommt kein Grizzly hin. Sie seien dann aber keinem begegnet, hatte die Mutter geschlossen, und dabei erleichtert geklungen. Und doch hat ein leises Bedauern mitgeschwungen, meinte sie sich zu erinnern. Was war es, was die Mutter bedauerte?

Keine Briefe mehr im Karton. Aber da – doch noch, ein zusammengefaltetes Papier, kariert, wie die Seiten in den Tagebüchern, die die Mutter fast alle verbrannt hat. Sie faltet es auseinander, die Schrift der Mutter, ihr wird mulmig, wie ertappt. Nach all diesen getippten Briefen zum ersten Mal die Handschrift der Mutter. Und dann beginnt sie doch die Wörter behutsam zu entziffern:

„Am letzten Tag: ein kleines Gewässer. Robert steigt als erster hinein. Dann die beiden anderen. Du auch, natürlich, und dann ... Du siehst diesen Mann, mit dem du einmal dein Leben teilen wolltest. Da steht er, bis zu den Oberschenkeln im Wasser, eine biblische Gestalt: das lange, graublonde Haar, der Bart, die muskulösen Glieder, wettergebräunt, aufrecht, entspannt und doch in jeder Faser seines nackten Körpers präsent. Und du spürst, er sieht dich auch. Nie wart ihr Euch so offenbar."

Jetzt wird es ihr heiß hinter den Augen. Ach, Mami. Sie muss ganz still sitzen bleiben. Etwas Kostbares passiert gerade, und sie will nichts tun, was es zerstört. Sie lässt den Blick gleiten, die Staubpartikel im Lichtschaft scheinen stillzustehen. Nichts rührt sich. Alles ist da.

Nachweise

Der Text zu Ernst Conrad Sporleder wurde erstmals abge-
druckt in Maria Bosse-Sporleders Buch *Im Fünften Koffer ist
das Meer*, Libelle Verlag, Lengwil (CH) 2013.

Derk Janßen ||| *Verlag*